KB266923

걸어가자 남미
바람 구두 신은 시인처럼

걸어가자 남미

바람 구두 신은 시인처럼

노동효 글·사진

바람 구두 신은 시인처럼

노동효 글·사진

PROLOGUE

한 번 길 떠나면 2년, 혹은 3년.
긴 여행 후에야 집으로 돌아오곤 했습니다.
남아메리카 대륙에서도 2년 반가량
도시와 해변과 산과 길을 걸으며
여행했지요.

아니,
나는 여행했던 게 아니랍니다.
긴 시간 속에서 방랑이 되어 갔지요.

길 위로 나서고 6개월 지날 무렵이면
그 느낌이 첫 눈송이처럼 찾아옵니다.
그리곤 차츰차츰 짙어지지요.

내 안에서 나라는 건 사라지고
그저 길 떠도는 무언가가 있을 뿐이에요.

이름도 사라지고, 집도 사라지고
국적도 사라지고, 신도 사라지고
탄생도 사라지고, 죽음도 사라지고

무언가가 분명히 있기는 한데
뭐라고 규정할 수 없는 것

그 느낌이 찾아온 후론
낯선 대륙, 낯선 도시, 깊은 밤에
숙박할 곳조차 구하지 않은 채 도착해도
어떤 불안감조차 스며들지 않아요.

떠돌아도, 마치 집에 있는 듯
머물러도, 마치 떠나 있는 듯

그저 방랑이 되어버린 존재가
아득한 길을 걷고 있을 뿐이지요.

방랑이 걸어간 남미를 여기 내려놓습니다.
그리고 기대합니다.
방랑이 된 그대와 그 길에서 만날 수 있기를.

CONTENTS

TARIJA

볼리비아
타리하
BOLIVIA

붉은 유혹 '항아리 와인'에 빠지다

유랑하던 인류가 정착하게 된 건 술 때문이란 '썰'이 있다.

지구에 포도나무가 자라기 시작한 지 500만 년쯤 지났을 무렵, 두 발로 걷는 인류가 등장했다. 땅에 떨어진 포도 열매가 자연 발효되어 액체로 변하곤 했다. 어느 날 인류가 이 액체를 마시는 희대의 사건이 일어났다. 알딸딸하니 기분이 참 좋았더랬다.

한번 그 맛을 본 자는 차마 잊을 수 없는 법! 자연 발효 와인에 중독된 자들은 신비의 액체를 평생 마시기 위해 포도나무가 자라는 지역에 눌러앉았다. 그들은 지상에 떨어진 포도 열매가 술로 변하는 과정을 지켜보던 중 마침내 양조법을 터득하기에 이르렀다. 인류 최초의 양조업자가 탄생하는 순간이었다. 고마울시고!

이렇게 황당한 썰(!)을 얼굴 한번 붉히지 않고 주장하는 이들은 '주류업'이야말로 인류 발전에 지대한 영향을 미친 산업이며, 무역

Tarija

과 화폐의 발달도 술 때문이었다고 강변한다. 즉 유통기한 이전에 발효주를 팔려다 보니 무역이 발달했고, 그로 인해 화폐도 생겼고, 계약제도가 발전했다는 것.

고대 이집트는 3,000년 전에 이미 와인 라벨(포도 생산지, 양조업자, 생산 연도)을 와인 단지에 표기하던 왕국으로서, 와인 대량 수입국이었다나? 유사 이래 와인 산업이 발달한 건 농작물을 재배·판매하는 것보다 이윤이 더 남는 장사였기 때문이다. 이런 사정은 지금도 매한가지다. 수억 원 호가하는 프랑스산 프리미엄급 하이엔드 와인도 병당 제조원가는 100달러 정도에 불과하다.

나 역시 남이메리카 여행 중 와인 산업에 뛰어들어 제법 돈을 벌었다. '말베크' 포도 품종으로 최고급 와인을 만드는 아르헨티나와 '카르메네르' 포도 품종으로 최고급 와인을 만드는 칠레는 와인으로 돈 벌기에 가장 쉬운 나라였다. 와인으로 돈 버는 방법은 아주 간단했다. '약간의 투자금'과 '사고의 전환'이 필요할 뿐 사실 방법이랄 것도 없었다.

먼저 현지 와인 숍이나 가게에 들어가 와인을 산다. 그다음 숙소로 가져가 친구들과 어울려 마신다. '그게 돈 쓰는 거지, 왜 돈 버는 거냐!'라고 지인들이 항변했지만 '나의 산수'론 분명 돈 버는 장사임이 틀림없었다.

"아르헨티나산 ○○ 와인을 한국에서 마시면 얼마니?"

"3만 원."

"그 와인을 현지에서 1만 원에 마시면 얼마 차이지?"

"2만 원."

"거봐, 병당 2만 원 벌었잖아!"

"무슨 말도 안 되는 소릴!"

지인들이 고래고래 소릴 지르든 말든, 난 돈벌이에 열중했다. 아르헨티나에서 대략 100만 원, 칠레에서 대략 150만 원을 벌었으니 꽤 짭짤한 장사였다. 마실수록 버는 셈이니 이보다 쉬운 돈벌이가 어디 있겠는가!

나도 자연 발효 와인을 처음 맛본 호모 사피엔스처럼 포도주가 지천으로 널린 땅에 뿌리내리고 싶었다. 그러나 나의 정체성은 정착이 아닌 방랑. 결국 눈물을 머금고 아르헨티나와 칠레를 떠나야 했으니. 흑흑.

해발 4,000미터의 안데스 고원이 대부분을 차지하는 볼리비아로 들어섰다. 근데 웬걸? 볼리비아에도 포도가 열리고 와이너리가 밀집한 지역이 있다는 걸 알게 되었다. 최대 와인 생산국 'TOP 10'에 드는 아르헨티나, 순수 유럽 품종 포도를 고스란히 간직한 칠레만큼 유명하진 않지만 볼리비아도 와인을 생산한다! 라벨마다 동일한 원산지가 씌어 있었다. 타리하(Tarija).

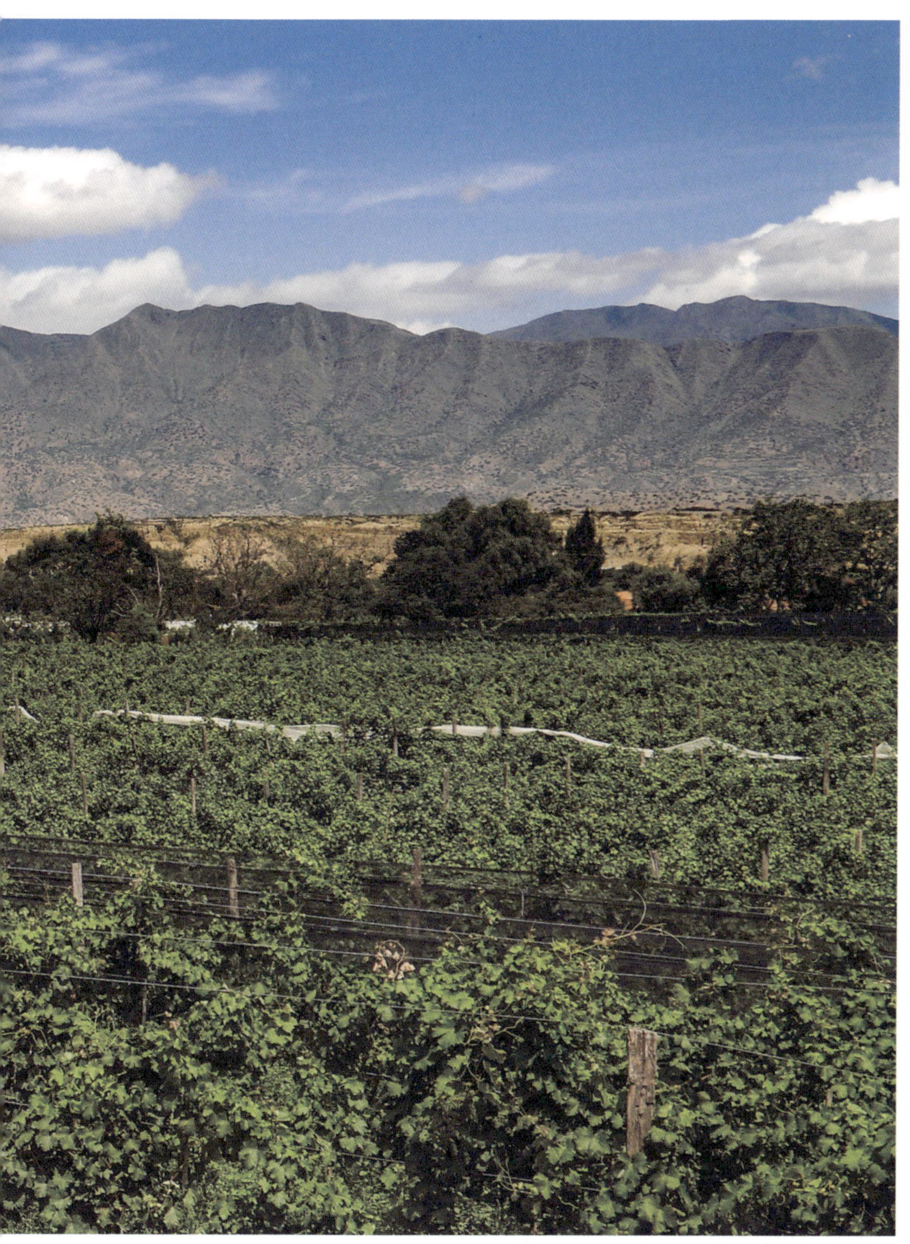

타리하는 안데스 기슭 해발 1,700~1,900미터에 자리해 밤낮의 기온 차이가 크지 않으며, 밝은 해가 내리쬐는 고장이다. 유럽 출신 이민자들은 '볼리비아의 안달루시아'라고 불렀으며, 강 이름도 안달루시아의 '과달키비르강'을 따서 붙였다. 볼리비아의 와인 산지는 어떤 곳일까?

타리하에 도착하자마자 현지인 추천을 받아 와이너리를 겸하는 식당을 찾아갔다. '카사 비에하(Casa Vieja)', 우리말로 번역하면 '고택(古宅)'으로 도심에서 1시간 떨어진 시골에 있었다. 고색창연한 대문을 지나 마당으로 들어섰다. 와인 전시관에선 시음회가 열리고 있었다. 안내인 페르난도가 와인을 유리잔에 따르고 선보였다.

"이 집은 400년 전에 지어졌어요. 처음엔 포도 식조반 만들어 팔았죠. 그러다 1978년부터 안주인 빅토리아의 이름을 붙여 '도냐 비타'란 와인을 생산하기 시작했답니다. 2004년 '와인앤치즈 페스티벌'에서 최고상을 받기도 했어요. 최근엔 타나 품종의 와인 생산량을 늘리고 있답니다. 심장에 좋은 폴리페놀 성분이 풍부하죠."

남아메리카에 타나 품종을 들여온 이는 프랑스 바스크 지방에서 온 이민자였다. 투박한 맛 때문에 통상 메를로 품종과 섞어 와인을 만든다. 물론 100퍼센트 타나 품종으로 만든 와인 중 보르도 1등급과 어깨를 나란히 하는 와인도 있긴 하다.

시음장에서 맛을 본 뒤 포도 넝쿨 아래 놓인 식탁으로 자리를 옮

Tarija

겼다. 고풍스럽고 운치 있는 레스토랑이지만 가격이 비싸진 않았
다. 돼지고기(남아메리카에선 소고기보다 비싸다.) 요리도 1만 원 정도, 대부
분 요리가 5,000원을 넘지 않았다.

주문한 음식이 나왔다. 고기 요리에 하우스 와인 한 잔이 1만 원
정도니 '오늘도 돈을 번 셈이군!' 흡족해하며 주변을 휘둘러보는데
이상한 장면이 눈에 들어왔다. 두 젊은 여자가 항아리에 든 무언가
를 표주박으로 떠 마시고 있었다.

"그 항아리 안에 든 게 뭐니?"
"와인! 병입하기 전의 와인을 항아리에 담아서 팔아."

'항아리 동동주'는 들어보고 종종 마셔봤어도 '항아리 와인'을 보
기는 난생처음이었다. 더구나 유리로 된 와인잔도 아닌 표주박으
로 와인을 떠 마시다니!

"궁금하면 이쪽으로 와!"

요청을 마다할 이유가 있겠는가. 그쪽으로 자리를 옮겼다. 한 여
성이 표주박으로 뜬 와인을 내게 건넸다. 유리잔이 아닌 터라 와인
의 색과 향을 세세히 파악할 순 없었다. 검붉은 색깔, 무겁고 투박
한 맛. 시음장에서 페르난도가 언급한 타나 품종이구나! 교외 나들
이를 온 카밀라와 이사벨은 타리하주 비야몬테스의 대학생이라고
했다. 볼리비아의 다른 지역 여성과 분위기가 사뭇 달랐다.

“타리하주 여성은 다른 지역에 비해 무척 활달해!”

“이유가 뭐니?”

“아마 가우초(Gaucho) 문화 때문이 아닐까 싶은데….”

대답과 동시에 카밀라가 자리에서 일어나더니 손끝을 돌리고 발끝으로 바닥을 두드리며 춤추기 시작했다. 가우초 문화인 쿠에카(Cueca)였다.

스페인에는 ‘소 키우는 사람’을 일컫는 ‘바케로(Vaquero)’가 있었다. 아메리카 대륙으로 넘어온 바케로를 북미에선 ‘카우보이’, 남미에선 ‘가우초’라고 불렀다. 이들은 소를 방목하기 좋은 터를 잡고 특유의 문화를 형성했는데 그중 하나가 쿠에카다.

쿠에카의 기원은 스페인의 판당고(안달루시아 무곡으로 남녀가 캐스터네츠를 들고 춤춘다.)인데, 남아메리카 원주민 문화와 접목되면서 손수건을 들고 추는 춤으로 변화했다. 그리고 각 나라, 각 지역마다 조금씩 다른 쿠에카로 발전했다.

칠레에선 쿠에카가 '저항의 상징'이 되기도 했다. 피노체트 군사 정권이 민주주의를 부르짖는 시민을 학살, 납치, 고문, 투옥하던 시절, 무용단은 남녀 한 쌍이 아니라 '여성 홀로 추는 쿠에카(Cueca Sola)'를 선보였다.

죽은 남편, 실종된 아들의 사진을 가슴에 매달고 추는 쿠에카 솔라는 엄청난 호소력을 발휘했고 이에 감응을 받은 스팅이 합세했다. 〈데이 댄스 얼론(They dance alone)〉, 스팅은 피노체트 정권의 민주주의 탄압에 반대하며 뮤직비디오를 발표했다. '시체를 이고 간 여인들이 사막에서 남편, 아들의 사진을 가슴에 매달고 홀로 춤추는 장면'이 고스란히 담긴 뮤직비디오는 그렇게 탄생했다.

그들은 실종된 이들과 춤을 춘다
그들은 죽은 사람들과 춤을 춘다
보이지 않는 이들과 춤을 춘다
고통은 말로 표현되지 않는다
그들은 아버지와 춤을 춘다
그들은 아들과 춤을 춘다
그들은 남편과 춤을 춘다
그들은 홀로 춤을 춘다, 홀로 춤을 춘다

볼리비아에선 10월 첫 일요일을 '쿠에카의 날'로 정하고 기린다. 이름은 같지만, 음악풍은 지역마다 다르다. 포토시의 쿠에카는 애잔하고 타리하의 쿠에카는 경쾌하다. 어느새 와인 항아리가 다 비었다. 한 동이를 더 주문했다. 웨이터가 항아리를 내려놓고 돌아서는데 카밀라가 붙잡았다.

"한국 친구에게 쿠에카를 보여주고 싶어. 춤 상대해 줄래?"

웨이터가 당혹스러운 표정을 지었다. 카밀라가 물었다.

"넌 어디 출신이니?"
"타리하!"
"그럼 당연히 쿠에카를 출 수 있겠군!"

카밀라가 청년의 팔짱을 꼈다. 첫 순서는 '초대'로 남녀가 팔짱

끼고 걷는 것으로 시작한다. 청년이 보조를 맞추기 시작했다. 고택 마당에 흐르는 음악에 맞춰 두 사람이 손끝을 돌리며 날렵한 춤동작을 선보이기 시작했다. 옆에 앉아 있던 이사벨이 휘파람을 획 불더니 일어서며 내 손을 잡아당겼다.

와인은 '오감(五感)으로 마시는 술'이라고 한다. 눈으로 '색깔'을 보고, 코로 '냄새'를 맡고, 귀로 술잔 부딪치는 '소리'를 듣고, 혀로 '맛'을 보고, 목젖을 지나는 '감각'을 느낀다.

유리잔이 아닌 표주박으로 와인을 마시니 색깔, 냄새, 소리를 느끼기엔 미흡했지만, 여럿이 함께 춤추고 웃음을 터트리는 사이 오감이 합쳐져 닿을 수 있는, 최고의 단계에 도달했다.

그것은 인류가 술을 맛본 이래 온갖 발효주와 증류주로 음주문화를 발전시키며 닿으려던 경지이자 알코올 금지법이나 금주법으로도 결코 막을 수 없었던 감정이었다. 그게 무엇이냐고?

흥(興)!
Good Vibe!

Tarija

LA PAZ

볼리비아
라파스
BOLIVIA

"같은 방향으로 갈 필요는 없어!"
시계가 거꾸로 도는 나라

'죽기 전 꼭 가봐야 할 도시목록'을 만든다면 당신은 어느 도시를 선정하고 싶은가? 로마, 이스탄불, 파리, 프라하, 뉴욕, 바르셀로나, 부에노스아이레스….

나라면 볼리비아 수도 라파스를 절대 빼놓지 않을 것이다. 바로 크 양식의 화려한 성당과 이색적인 야경을 볼 수 있어서가 아니라 '상식'과 '일반'으로부터 가장 거리가 먼 도시라는 인상 때문이다.

"세상에 어떻게 이런 도시가 한 나라 수도일 수 있죠?"

라파스 인근의 엘 알토 국제공항에 도착하면 제 머리를 쥐어뜯 는 승객이 속출한다. 기내 창가에서 내려다본 도시가 아름다워서 라면 거짓말이고, 고산병 때문이다. 한국 축구대표팀이 '멕시코 세 계 청소년대회 4강 신화'를 쓸 때 TV 해설자는 해발 2,000미터에 서 벌어지는 경기라며 선수들의 고산병을 걱정했다. 나는 멕시코 시티가 지구에서 가장 고도가 높은 수도인 줄 알았다. 아니었다. 볼리비아 라파스의 해발고도는 3,600미터, 공항은 해발 4,000미터에 있으며 비상용 산소마스크가 이 공항 상비품이다. 이런 라파스는 스페인어로 '평화(Paz)'란 뜻인데, 이름에 걸맞지 않게 여러 착각과 오해를 불러일으킨다.

우선 외국인 여행자들은 라파스를 '산으로 둘러싸인 도시'로 착각한다. 도심에서 둘러보면 높은 산들로 둘러싸인 분지처럼 보인다. 그러나 한낮에 산처럼 보이던 엘 알토 지역으로 올라가 두세 시간 달려보면 라파스의 실체를 알게 된다. 한반도보다 넓은 고원(알티플라노) 가운데 사발처럼 움푹 들어간 땅에 세운 도시가 라파스다.

그다음 착각은 해발 4,000미터에 위치한 엘 알토(Alto), 스페인어로 '높은 땅'에 거주하는 주민에 대한 외국인 여행자의 신파적 감상이다. 상대적으로 낮은(?) 라파스는 상업중심지로 고층빌딩과 상류층 저택이 즐비하다. 고도가 높아질수록 레고를 쌓은 듯한 벽돌집으로 빼곡하다.

'산꼭대기(?)엔 가난한 사람들 집만 있다'부터 '산소량마저 빈부차이가 나다니 안타깝다'는 감상이 나열된다. 그러나 엘 알토 주민 중엔 달리 생각하는 사람들이 많다.

"돈 벌면 좋은 집 짓는 거? 당연하지. 그런데 태양과 달을 볼 수

있는 시간이 짧은 저 밑에서 왜 살지? 해와 달이 뜨고 지는 광경을
볼 수 있는 이곳 평원을 두고 말이야!"

일출과 일몰을 볼 수 있는 건 그렇다 치더라도 희박한 산소는 어
떻게 견딜까? 볼리비아엔 대략 30여 개 부족이 산다. 아마존 저지
대에선 과라니족, 치키타노족 등이 살고, 안데스 고산 지대에선 케
추아족과 아이마라족이 다수다.

안데스 고산 지대에서 사는 부족 후손은 한눈에 알아볼 수 있다.
케추아족과 아이마라족 사람을 처음 만났을 때 나는 그들 모두가
역도 선수인 줄 알았다. 두꺼운 상체, 튼튼한 하체. 세대를 거듭하
며 저산소 지대에서 살다 보니 폐가 점점 더 커지면서 가슴팍이 두
꺼워졌다고 한다.

"너도 여기서 몇 년 지내면 엘 알토 평원에서 마라톤 종주도 할
수 있을걸!"

계단을 오르내리며 내가 숨을 헐떡거리자 케추아족 아주머니가
농을 했다. 헉헉대며 고지대에서 사는 주민을 동정하는 건 여행자
의 감상이고, 케추아족이나 아이마라족에게 해발 4,000미터는 공
을 차며 달리고, 사랑을 나누고, 아이들이 뛰노는 일상의 공간일 뿐
이다.

라파스의 볼거리 중 으뜸인 '달의 계곡(Valle De Luna)'으로 갔다. 라

La Paz

파스 도심에서 남쪽으로 10킬로미터, 진흙으로 된 산이 침식되면서 수만 개의 흙기둥으로 변한 곳이다. 예전엔 '영혼의 계곡'이라 불렸다. 달의 계곡으로 명칭이 바뀐 건 아폴로 11호의 선장이었던 닐 암스트롱이 이곳을 방문하고 했던 말 때문이다.

"여긴 꼭 달의 계곡처럼 생겼군!"

태양이 내리쬐는 각도에 따라 갈색, 귤색, 오렌지색으로 변하는 흙기둥들 사이를 거닐며 계곡을 둘러보았다. 도시 가운데 달을 품고 있는 라파스는 참으로 기이한 도시구나!

라파스 도심은 라틴 아메리카 국가의 수도답게 유럽식 광장과 유럽식 성당과 유럽식 관공서가 즐비하다. 특히 무리요(Murillo) 광장 주변으로 대통령궁, 국회의사당 등 주요 관공서가 늘어서 있다. 국회의사당 건물엔 동화에서나 등장할 만한 이색적인 시계가 걸려 있는데 숫자판도 거꾸로, 시곗바늘도 반대 방향으로 돈다.

거꾸로 가는 시계가 국회의사당에 걸린 건 2014년으로 거슬러 올라간다. 당시 볼리비아 외무부장관은 거꾸로 가는 시계를 통해 '지구 북반구(특히 미국)의 상식과 일반을 당연히 여기는 세상'에 대해서 환기하고 싶었던 모양이다.

"시계가 항상 똑같은 방향으로 움직여야 한다고 누가 정했는가? 왜 우리는 항상 순종해야 하는가? 왜 우리는 창의적이면 안 되는가?"

국회의사당 시계보다 더 흥미로운 걸 라파스 시민의 일상에서도 발견할 수 있다.

당신은 출퇴근 때 어떤 교통수단을 이용하는가? 도시인이라면 대부분 버스, 전철, 자가용을 이용할 것이다. 그런데 케이블카 타고 직장으로 출근하는 사람을 본 적이 있는가?

라파스 외곽 지역 주민이 점점 더 늘어나자 라파스와 연결할 도로가 더 많이 필요했다. 그런데 도로를 놓기엔 너무 가파르고, 큰 비용이 들기 때문에 찾아낸 해결책이 케이블카다. 2014년 첫 라인이 개통된 후 현재 총 10개 라인이 운영된다. 각 라인은 시간당 3,000명까지 태울 수 있다. 수많은 직장인과 학생들이 케이블카를 타고 라파스로 출퇴근하고 학교에 다닌다. 마치 SF영화의 한 장면처럼.

전망 좋은 텔레페리코(케이블카) 라인은 '그린 라인'과 '옐로우 라인'이다. 라파스 도심에서 옐로우 라인 종점까진 7.6킬로미터, 편도로 대략 30분이 걸린다. 심장이 약하거나 고소공포증이 있다면 탑승을 삼가는 게 좋다. 처음엔 신이 날지 모르지만, 나중엔 아래를 내려다보는 것도 무섭고, 출렁일 땐 당장 내리고 싶을 테니까.

해발 4,000미터로 올라가는 동안 당신은 외계 행성이라고 해도 좋을 안데스 협곡, 레고 조각을 맞춘 듯한 마을, 비탈에 서 있는 아슬아슬한 벽돌집들을 보게 될 것이다. 그리고 우리가 익히 알던 '상

La Paz

식'의 의미가, '일반'이란 가치가 대체 무엇일까? 하고 혼란스러울 것이다. 그러다가 어느 나라 수도를 방문했을 때보다 더 격렬한 감탄사를 내뱉을지 모른다.

"세상에, 뭐 이런 도시가 다 있지!"

엉뚱한 상상을 해본다. 앞으로 수만 년이 흐르고 인류가 다른 행성으로 거처를 옮긴 후, 인류의 후손들이 어느 날 떠나온 지구를 방문한다면 어쩌면 스톤헨지, 피라미드, 모아이 석상 같은 유적과 더불어 볼리비아 수도 라파스를 '지구 7대 불가사의' 중 하나로 꼽

을지 모르겠다고.

　일몰 직전 미라도르역에서 동쪽 하늘을 바라본다. 어두운 도심 저편으로 만년설을 얹은 일리마니산(6,438미터)이 보인다. 저무는 지구 남반구를 비추는 햇살에 하얀 설산이 차츰 황금빛으로 물들어 가는 모습이 더없이 아름답다. 움푹 들어간 저 아래 라파스 도심에선 몇 날 며칠을 지내도 볼 수 없었던 장면.

　세상 모든 풍경은 바라보는 자의 것이다!

POTOSI

볼리비아
포토시
BOLIVIA

개도 은화를 물고 다니던 도시,
사람 잡아먹는 산이 있다

〈메트로폴리스〉는 최초로 유네스코 세계기록유산으로 등재된 '영화'다. 1927년 프리츠 랑 감독이 만든 공상과학 영화는 가혹한 노동에 시달리는 '지하'와 향락을 즐기는 '지상', 두 세계가 공존하는 한 도시가 배경이다. '두 개의 세계, 하나의 도시'란 설정은 한 세기 동안 〈토탈리콜〉, 〈엘리시움〉, 〈아케인〉 등 수많은 영화에 영향을 미쳤다. 이런 설정은 비현실적이다. 공상과학 영화에나 나올 얘기지! 그러나 그런 도시가 실제 지구 반대편에 존재했다.

1545년이었다. 구원자(Salvador), 성모(Maria), 우정(Amistad) 등 이름만 아름다운 유럽 범선들이 역병, 무기, 탐욕을 싣고 아메리카에 닻을 내리던 시절이었다. 안데스산맥에서 라마를 쫓다가 길을 잃은 목동이 추위를 피하려고 모닥불을 지폈다. 바람을 막으려고 불가에 놓은 돌에서 반짝이는 액체(?)가 흘러내렸다. 열기에 녹아내린 은이었다. 그때만 해도 목동은 몰랐다, 자신이 '사람을 잡아먹는 산'의 입을 열었다는 것을. 자신이 서 있는 땅이 '두 개의 세계로 나뉜 하나의 도시'를 만들며 세상을 바꿔놓으리란 것을.

그날 목동이 올랐던 산을 지금은 세로 리코(Cerro Rico)라고 부른다. '부유한 산'이란 뜻이다. 산 아래 볼리비아 최대 광산 도시 '포토시(Potosi)'가 있다. 이 지명에 관해선 여러 설이 난무한다. 널리 알려진 바는 '신의 소리에 얽힌 전설'이다.

오래전 잉카 왕이 산 위로 광부들을 올려 보냈다. 그들은 광맥을 파다가 '훗날 먼 곳에서 올 손님을 위해 저장해 둔 것이니 건들지 말라!'는 신의 경고를 들었다. 왕에게 보고했고, 그 후론 더 이상 광맥에 손대지 않았다고 한다. '스페인어로 기록한 포토시 연대기'는 이 전설을 전하며 잉카어로 '거대한 소리'를 뜻하는 '포토시'가 도시명이 되었다고 전한다.

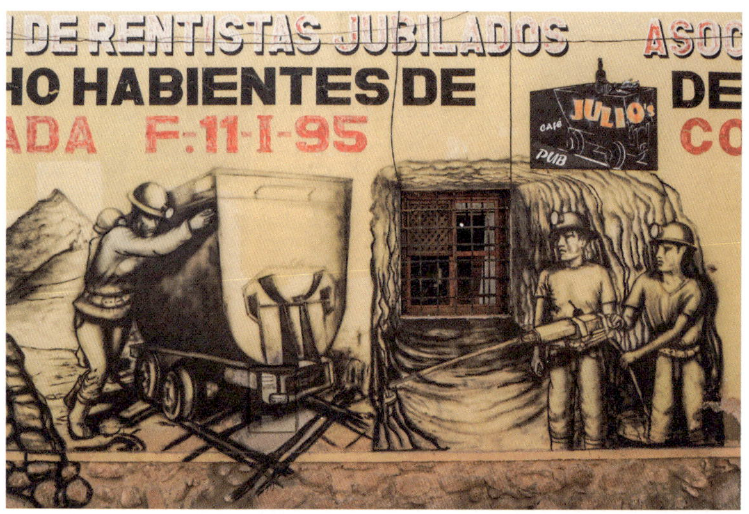

잉카인은 한글이나 알파벳 같은 표음문자를 갖고 있지 않았다. '포토시'가 '거대한 소리'를 뜻한다는 잉카의 기록 같은 건 어디에도 없다. 게다가 스페인 정복자들이 광부용 숙소를 짓고 도시를 건설하기까지 그 자리는 황무지에 불과했다. 그러니 어느 선교사가 남긴 일기에서 포토시 어원을 짐작하는 게 합당해 보인다. '이곳 원주민들은 높은 장소를 가리켜 포토시라고 불렀다.'

스페인이 침략하기 전까지 잉카인은 포토시보다 300미터 낮은 칸투마르카에 거주했다. 그러니 높은 장소에 들어선 광산촌을 가리켜 포토시라 불렀으리라. 결국 스페인어로 쓴 포토시 연대기가 전하는 '신의 경고'는 정복자들이 은을 독차지할 속셈으로 꾸며냈을 가능성이 농후하다. 얼마나 많은 양의 은이 나왔기에 이런 거짓말까지 지어낸 걸까?

볼리비아 수도 라파스에서 출발해 포토시로 가는 길은 완만했다. 완만한 평원이지만 해발 4,000미터, 수목한계선보다 높은 지대이기에 사람들이 집터에 심은 나무를 제외하면 길에서 나무나 숲을 보긴 어려웠다. 하염없이 황량한 풍경이 이어졌다. 안데스 고원은 툰드라 기후에 가깝다. 여름에는 낮 기온 영상 15도, 밤 기온은 3도로 떨어진다.

해발 4,090미터 포토시 버스터미널에 닿았다. 나는 시내버스로 갈아타고 도심으로 향했다. 차창 너머 광부를 그린 벽화들이 보였다. 숙소 도착 후 얼른 배낭을 내려놓고 거리로 나섰다.

10만 명 이상의 인구가 사는 세계도시 중 두 번째로 해발고도가 높은 포토시가 유네스코 세계문화유산으로 지정된 건 1987년이었다. 대성당 곁에 자리한 '11월 10일 광장'이 유네스코 역사 지구 중심이다. 이 도시는 체 게바라의 〈모터사이클 다이어리〉, 에두아르도 갈레아노의 〈수탈된 대지〉 등 남미 관련 주요 서적에 수없이 등장하지만, 관광산업이 발달하진 않았다. 성당과 박물관 정보를 제외하면 이렇다 할 여행 정보도 드물다. 나는 중세풍 골목을 쏘다니며 두 개로 나뉜 세계 중 하나인 '지상'을 상상했다.

은 광맥이 발견된 후 세로 리코 산 아래 황무지가 1만 5,000명이 사는 도시로 변하는 데 2년이 걸리지 않았다고 한다. 처음엔 광부용 숙소, 이어서 제련소, 그리고 성당이 들어섰다. 한 세대가 흐르는 사이 인구는 3배로 늘어났고, 곧 유럽의 수도보다 더 거대한 도시가 되었다.

당시 영국의 대도시 런던 인구가 10만 명이 되지 않던 시절, 포토시의 인구는 16만 명에 달했고, 은 광맥으로 인해 포토시엔 부가 흘러넘쳤다. 한 달이면 닳아서 갈아 끼우는 말발굽까지 은으로 만들 정도였다니! 시쳇말로 '개도 은화를 물고 다니는 도시'가 된 것이다.

스페인 당국은 식민지 포토시에 조폐국을 세우고 쉴 새 없이 은화를 찍어댔다. 서른 개가 넘는 성당이 세워지고 극장을 비롯하여 유흥장, 오락장, 도박장이 문전성시를 이뤘다. 당시 사치품이자 명품으로 소문난 페르시아산 카펫, 중국산 도자기, 베네치아산 유리 세공품, 아라비아산 향료 등을 닥치는 대로 사들였다. 찍어둔 은화로 값을 치르면 그만이었다. 하긴 포토시에서 생산된 은의 총량이 유럽 전체에서 유통되던 은의 총량보다 많았을 정도라고 하니!

가톨릭 성체축일 기간엔 6일간의 희극, 6일간의 가면극, 8일간의 투우, 3일간의 무도회 등 화려한 행사가 이어졌고, 당대 최고의 베스트셀러 〈돈키호테〉에 '발레 운 포토시(Vale Un Potosi)!'란 표현이 등장하기에 이르렀다. '포토시만큼 가치가 있다'라는 뜻인데, 이는

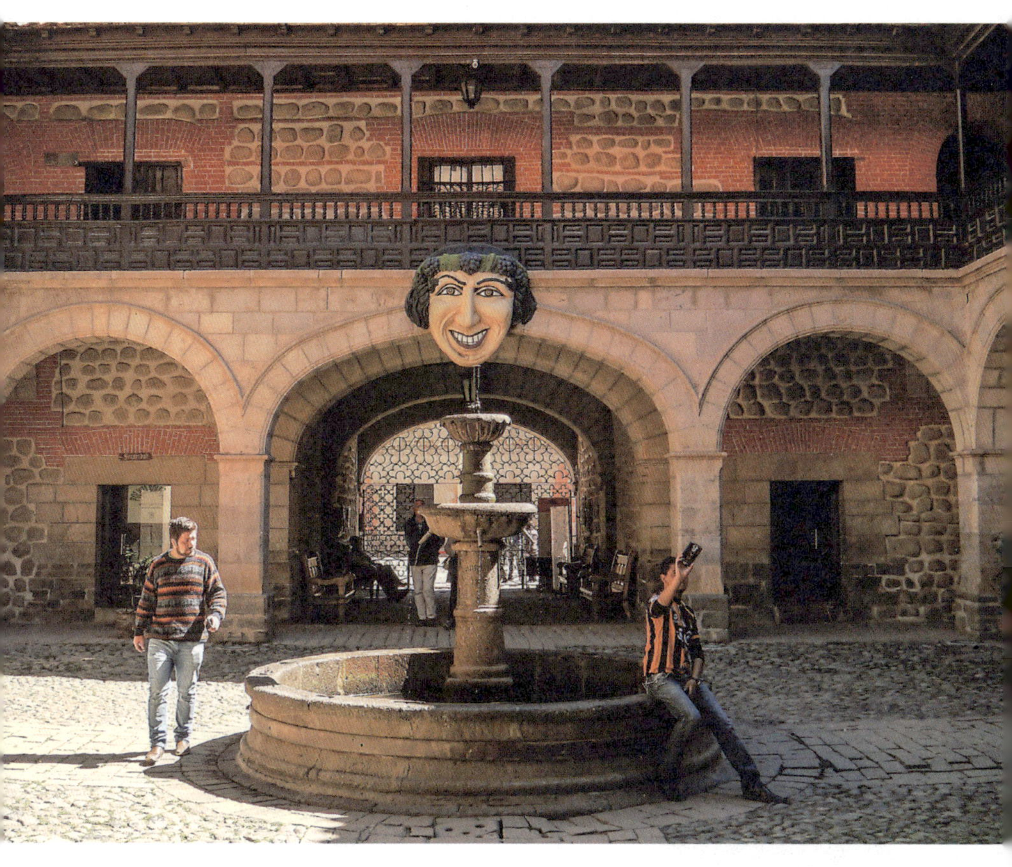

Potosi

'최고의 부'를 가리키는 관용구가 되었다.

　스페인 왕실은 아메리카 식민지에서 가져온 은화 대부분을 전쟁
과 사치로 진 빚을 갚는 데 썼다. 채권자는 영국, 프랑스, 이탈리아
등 각국 은행들이었다. 스페인이 아메리카 조폐국에서 찍은 은화
가 세계를 뒤덮었다.

　콜럼버스 이전까지 세계 '부의 중심'은 유럽이 아니라 아시아였
다. 경제력, 군사력, 평균 수명 등 모든 면에서 아시아가 유럽을 훨
씬 앞섰다. 그랬는데 아메리카에서 가져온 은이 기존의 위상을 뒤
바꿔놓았다.

스페인이란 노즐을 통해 은이 유럽 곳곳으로 분사되면서 증기기관이 탄생했다. 산업혁명을 일으켰다. 대포와 무기가 개발되었다. 부르주아 계급이 탄생했다. 자본주의가 발흥했다. 여러 요인이 결합해서 벌어진 일이지만 아메리카에서 착취한 은이 아니면 벌어지지 않았을지 모를 패러다임의 전환이었다.

포토시 소재 옛 스페인 조폐국과 대성당을 지나 하염없이 걸었다. 나는 길 위의 노동자, 낯선 도시에 도착하면 하루 10킬로미터 이상 걷는 게 일과다. 나무로 만든 가게 간판들이 유난히 눈길을 끌었다. 일반 가게뿐 아니라 대기업 간판들도 마찬가지였다. 나무를 깎아서 만든 'SAMSUNG' 간판이라니!

걷다 보니 출출했다. '살테냐' 가게가 있었다. 커다란 군만두처럼 생기긴 마찬가진데 왜 '엠파나다'랑 다르게 부르는지 궁금했더랬다. 살테냐를 주문하면서 아주머니에게 물었다.

"살테냐랑 엠파나다랑 뭐가 다르죠?"
"옛날에 아르헨티나 살타(Salta)에서 온 여자가 포토시에 엠파나다(Empanada) 가게를 열었어요. 우리 입맛에 맞게 맵고 뜨끈한 육즙을 머금은 엠파나다를 만들었죠. 인기가 워낙 많다 보니 그녀를 부르던 이름(살타댁)이 음식 이름이 되었어요. 살테냐(Salteña) 사 와라~"

말하자면 강릉댁, 목포댁 하며 부르는 별칭이 음식 이름이 된 셈이었다. 볼리비아식 엠파나다, 살테냐를 베어 물었다. 야채랑 고기가 배합된 살테냐의 따끈하고 풍부한 육즙이 입안을 가득 채웠다.

  허기를 채우고 발길을 옮겼다. 수업 마친 학생들이 활기차게 애기를 나누고 있었다. 곧 해가 질 텐데 어디서 석양을 볼까? 나는 높은 건물이 있는 대학을 찾아서 들어갔다.

  가장 높은 건물의 중앙 계단을 올랐다. 한 층만 더 오르면 꼭대기 층인데 앞이 막혀 있었다. 망설이다가 혹시나 하고 문을 두드렸다.

서른 초반 여성이 문을 열었다. 교수연구실이었다.

"창가에서 잠깐 사진을 찍어도 될까요?"

조교인 듯한 여자가 뒤돌아서 중년의 교수에게 묻더니 허락해주었다. 교수실 창문 너머 붉은 산, 세로 리코가 보였다. 몇 장의 사진을 찍고 연구실을 빠져나오려는데 교수가 고개를 돌려 내게 어느 나라에서 왔냐고 물었다. 내 소개를 간단히 하자 교수가 이런 얘기를 들려주었다.

"유럽인은 저 산에서 나온 은으로 대서양을 건너 유럽까지 다리를 놓을 수 있을 정도였다고 말하지. 이곳 포토시 사람들은 다르게 말해. 저 산에서 죽은 사람들의 뼈로 다리를 놓으면 유럽에 닿을 정도였다고."

나지막한 그의 음성에 홀리듯 나는 '두 번째 세계'로 빨려 들어갔다.

"잉카 시절 미타(Mita)란 관습이 있었어. 연중 일정 기간 성벽, 수로, 다리를 놓는 공공 노역 의무였지. 공공의 이익을 위한 일이었기에 미타를 당연시했어. 전쟁터 나간 병사, 가장을 잃은 가족, 병든 노인을 도와서 농사 짓는 일도 미타였지. 스페인 침략자는 미타를 이용해 강제노역을 시켰어. 하루 16시간, 할당량을 채우지 못하면 더 많은 시간을 일해야 했지. 땅을 파고, 돌을 깨고, 무거운 광석

을 쉴 새 없이 옮겼어. 그들은 은을 정제하기 위해 처음엔 용광로를, 나중엔 생산량을 늘리기 위해 수은을 이용했어. 굴이 무너져 죽고, 수은에 중독되어 죽고, 살아서 고향으로 돌아간 사람들은 폐가 망가져 죽었어. 저 산이 잡아먹은 사람이 몇인 줄 알아? 800만 명이야.”

우루과이 출신 작가 에두아르도 갈레아노는 〈수탈된 대지〉에서 말했다. ‘우리가 사는 세계에 가장 많은 것을 제공하고도 가장 조금밖에 가지지 못한 포토시는 아메리카 식민지의 절개된 상처이고 살아 있는 고발장’이라고.

독백처럼 말을 잇던 교수가 갑자기 입을 다물더니 연구실 창밖으로 고개를 돌렸다. 해가 뉘엿뉘엿 안데스산맥 능선을 넘어가고 있었다. 세로 리코가 석양빛에 빨갛게 물들고 있었다.

한국에도 ‘사람을 잡아먹는’ 산이 있다. 그 산은 하루 평균 6명을 잡아먹는다. 추락, 끼임, 깔림, 무너짐, 파열, 질식, 감전, 중독 등 한 해 동안 산업재해(질병 포함)로 목숨을 잃는 이가 2,000여 명(2023년 기준), 그 산의 입을 막기 위해 제정한 법이 ‘중대재해처벌법’이다.

CURITIBA

브라질
쿠리치바
BRAZIL
브라질
쿠리치바

"태어난 모든 생명은 소중하다"

당신은 자신이 태어난 도시나 마을을 사랑하는가?

남아메리카 대륙에서 내가 만난 여행자들은 제 고향을 무척 사랑했다. 콜롬비아 출신 존은 음악의 도시 '칼리(Cali)'를 칭송했다. 아르헨티나 출신 파블로는 숲과 바다가 어우러진 '마르 아술(Mar Azul)'을 자랑했다. 볼리비아 출신 후안은 안데스산맥에 깃든 '소라타(Sorata)'를 뽐냈다. 브라질 출신 마테우스의 자긍심은 특히 대단했다. 쿠리치바(Curitiba)가 그의 고향이었다.

"쿠리치바는 브라질 여느 도시와 달라. 인구 190만 명이 살지만 번잡하고 매연으로 가득한 상파울루와도 다르고, 노숙자, 좀도둑, 강도로 득실대는 리우데자네이루하고도 다르지. 쿠리치바는 깨끗한 공기에 시민들도 선하고 공원도 많고 대중버스만 타도 약속 시간에 딱 맞춰서 도착할 수 있고 게다가…."

마테우스가 늘어놓은 쿠리치바 자랑을 다 전할 순 없지만 그의 자긍심이 허세는 아니었다. '가장 현명한 도시'로 칭송받는 쿠리치바는 '녹색 도시'의 모범. 특히 한국 대도시를 비롯해 세계 수많은 도시가 교통체증을 해소하기 위해 적용한 '버스전용차선'과 '간선 급행버스'의 원조 도시이기도 하다.

"여행 중 기회가 되면 우리 집으로 놀러 와. 카이피리냐(브라질 전통 칵테일)와 슈하스쿠(브라질식 숯불구이)를 먹자!"

우루과이에서 마테우스와 헤어진 지 9개월쯤 지났을 무렵이었다. 〈인간극장〉 지현호 PD로부터 연락이 왔다.

"형, 지금 어느 나라에 있어? 브라질에서 볼일이 끝나면 보름 정도 같이 여행할 시간이 생길 것 같아!"

브라질 어디쯤에서 현호를 만날까, 생각하다가 쿠리치바를 떠올렸다. 이참에 마테우스도 보러 가자! 파라과이 국경을 넘어 쿠리치바에 도착한 아침. 노출 콘크리트 공법으로 지은 버스터미널은 깨끗했고, 남아메리카 여느 도시에서 흔히 봐왔던 노숙자도 보이지 않았다. 어머니 차를 빌려서 몰고 온 마테우스를 만났다. 그의 집이 있는 외곽의 주택가로 향했다. 대문을 젖히며 그가 말했다.

"쿠리치바에선 대로에서 5미터 물러나 집을 지어. 꽃나무를 심어야 하거든."

마테우스의 집 뒤로 돌아가자 풀이 자라는 마당이 나왔다.

"대지의 절반은 빗물이 스며들 수 있도록 녹지로 남겨두는 게 쿠리치바의 법이야. 쿠리치바엔 공원도 아주 많아. 내가 태어났을 때보다 1인당 녹지 면적이 100배나 늘었지."

마테우스의 어머니는 돌싱, 저녁이 되자 남자친구가 놀러 왔다. 마테우스의 어머니보다 열 살 정도 어렸고, 대학생인 마테우스보다는 열 살 정도 많았다. 그런데 어머니의 새 남친과 아들 사이라기보단 또래 친구 같았다.

"네 친구도 놀러 왔는데 오랜만에 슈하스쿠 파티나 할까?"
"그거 좋은 생각이야. 카이피리냐도 마시자!"
"넌 고기를 사 와. 난 숯불을 준비할게."

숯불구이 고기 파티가 시작되었다. 브라질 사람들은 숯불을 피우는 아주 간편한 방법을 알고 있었다. 아르헨티나인처럼 종이 뭉치나 잔가지를 불쏘시개 삼아 얼기설기 쌓지도 않고, 한국인처럼 부탄가스 토치로 숯을 달구지도 않는다. 대신 화장지 한 움큼에 식용유(혹은 도수 높은 알코올)를 살짝 붓고 숯덩이 사이마다 꽂은 뒤 불을 붙였다. 불꽃이 올라오면 그 위에 숯덩이를 쌓고, 불길이 옆으로 퍼지면 그 틈을 다른 숯덩이로 덮었다. 순식간에 모든 숯이 발갛게 변했다.

마침 브라질 배구팀이 국제대회에서 결승전을 치르는 날이었다. 술을 마시며 마테우스가 말했다.

"브라질 선수들은 개인 경기에서 메달을 많이 따진 못해. 대신 단체로 경기를 치르는 축구나 배구에선 세계 최강이지. 뛰어난 개인기 때문에 브라질 축구가 강하다고 여기지만, 실은 브라질 사람들은 서로 배려하고 함께 어울려 놀기를 잘해서야."

마테우스의 집에서 며칠 묵은 후 현호를 만날 예정이라 도심의 호텔로 숙소를 옮겼다. 마테우스가 어머니 차로 데려다주겠다며 함께 나섰다. 고층빌딩이 늘어선 도심으로 접어들었고, 차를 몰던

Curitiba

마테우스가 무슨 생각이라도 났는지 웃음을 터트렸다.

"그거 알아? 피서철엔 쿠리치바가 유령도시로 변한다는 거."

"무슨 소리니?"

"브라질 직장인의 연평균 유급휴가는 30일 정도야. 바닷가 별장을 구해서 온 가족이 함께 휴가를 보내. 한 달 동안 가족들과 휴가를 떠나니까 도심의 가게나 식당에 올 손님이 없잖아? 어차피 손님이 없으니 자영업자들도 가게 문 닫고 바다로 떠나고, 온 도시가 텅텅 비어서 유령도시가 되는 거야. 하하하."

남아메리카 여행 중 만난 한국 청년들이 했던 말이 떠올랐다.

"일 년 치 유급휴가를 한 번에 쭉 이어서 쓸 수 있다면, 회사를 관두지 않았을 거예요. 지금 아니면 기회가 없을 거 같아서 퇴사하고 여행을 떠난 거죠."

호텔에 짐을 내려놓고 쿠리치바 공항으로 마중을 나갔다. 오랜만에 현호를 보니 어찌나 반갑던지! 아무리 절친일지라도 여행하다 보면 관계가 틀어지기 십상이다. 그러나 현호와의 동행은 늘 즐거웠다. 가고 싶은 곳, 보고 싶은 것에 대한 취향이 비슷했고, 무엇보다 현호는 자주 감탄했다.

다른 친구랑 여행한 적도 있었는데, 그는 어디서 무엇을 보든지 흠을 찾아내 불평을 늘어놓았다. 그는 장점보다 단점을 지적할 때

자기 안목이 더 높아 보일 거라 여기는 듯했다. 실제론 많이 감탄하는 사람의 안목이 더 높은 경우가 대부분이다.

현호는 자주 쿠리치바에 감탄했다. 그건 나도 마찬가지였다. 쿠리치바 시민은 '폐지를 모아서 파는 사람들'을 무시하기보단 '에너지 절약에 공헌하는 사람'으로 여기고, 쿠리치바 시청은 폐지 줍는 사람들에 대한 존경의 표시로 유니폼을 제공하며 손수레에 번호를 부여한다.

쿠리치바는 반경 30킬로미터 내에서 단 한 번만 버스비를 내면 목적지까지 여러 차례 환승이 가능한 '단일요금제'를 구상했다. 많이 가진 사람들일수록 직장이나 사무실과 가까운 도심에 살기에 쿠리치바 시민들은 '거리 기준으로 요금을 차등화하면 요금구조의 불평등은 해소할 수 있지만, 사회적 불평등은 해소할 수 없다'라며 '단일요금제'에 동의했다.

이런 쿠리치바는 다문화 사회다. 유럽계, 아시아계, 아프리카계 등 다양한 사람들이 한 도시에 모여 산다. 그래서 쿠리치바에서 태어난 사람들은 유치원 시절부터 다른 피부색, 다른 눈동자 색, 다른 머리카락의 친구를 경험하며 자란다.

"난 까만 머리칼, 넌 노란 머리칼."
"난 파란 눈, 넌 초록 눈."
"난 하얀 피부, 넌 갈색 피부."

Curitiba

"저마다 다르지만, 우리 모두 친구!"

누가 가르치지 않아도 타자에 대한 수용과 다름에 대한 포용이 저절로 스며든다. 인종, 경제력, 성 정체성 등 특정 기준으로 '다수' 와 '소수'로 나뉠 수는 있겠지만 '우리 모두 친구'라는 인식은 다시 소수에 대한 이해와 배려로 확장되었다.

하루는 현호와 식사하고 산책하는데 벽화가 그려진 골목이 나왔 다. 생맥주 잔을 든 채 대화를 나누는 청년들, 목걸이와 팔찌 등 수 공예품을 파는 히피들. 젊은이들의 거리였다. 그들 중 유럽계 남자 와 여자, 아프리카계 여자, 이렇게 유난히 어려 보이는 세 사람이 좌판을 앞에 놓고 나란히 앉아 팔찌와 목걸이를 파는 모습에 눈길 이 갔다.

"안녕, 너희들 혹시 스페인어나 영어 할 줄 아니?"
"응, 난 스페인어, 얘는 영어를 할 수 있어."

포르투갈어가 익숙지 않았던 터라 다행이었다. 스페인어로 흥정하고 팔찌를 사는데 수줍음 많아 보이는 남자가 작은 목소리로 물었다.

"너흰 어느 나라에서 왔어?"
"한국에서."

그렇게 대화가 시작되고 우린 그들 곁에 퍼질러 앉아버렸다. 스무 살 남짓의 청춘들. 유럽계 마이우와 프랑코는 오누이였고, 아프리카계인 쎄우는 마이우의 연인이었다. 내가 물었다.

                    Curitiba

"너희들도 여행 중이니?"

"아니, 쿠리치바에서 살아. 우린 수공예품을 만들어 생활비를 벌어."

방글방글 웃는 세 청년과 우리는 금세 친구가 되었다. 현호와 나는 주말 벼룩시장에서 드림캐처(악몽을 쫓는 부적)를 파는 세 친구를 찾아가 함께 시간을 보내기도 했고, 광장에서 열리는 힙합 공연을 함께 구경하기도 했다. 세 청년은 너무 선량해서 영혼이란 게 있다면 유리알처럼 투명할 것 같았다.

도심 산책을 하다가 마이우와 쎄우는 키스를 나누기도 했다. 동성애지인 두 사람이 키스하는 모습이 너무나 자연스러웠고, 그런 이웃을 흘겨보지 않는 쿠리치바가 포근했다.

"당신은 동성애자를 이웃으로 받아들일 수 있는가?"

세계인을 대상으로 WVS(세계가치조사)의 질문에 북유럽인의 경우 96퍼센트 이상이 긍정적으로 대답했다. 유럽과 오세아니아에선 80퍼센트 이상, 남아메리카에선 70퍼센트 이상이었다. 한국인은 어떠했을까? 20퍼센트에 불과했다. 한국인 중 80퍼센트가 '동성애자를 나의 이웃으로 받아들이고 싶지 않다'고 대답했다.

다른 OECD 국가들과 너무 큰 차이 때문에 나는 궁금해졌다. 한국인이 성 정체성뿐만 아니라 인종이든, 민족이든, 이념이든, 장애

여부든 '나와 다른 사람을 포용하고 배려하는 법'을 배운 적이 있었던가?

'단일민족의 우수성'을 강조하며 전체주의적 이상을 주입 받은 이들에게 '우리'에 속하지 않는 '타자'는 늘 배척의 대상이었다. '우리'로 지칭하는 다수에서 벗어난 '소수'의 존재를 못 견뎌 했고, 그렇게 쌓아온 증오가 시대의 흐름에 따라 이념, 지역, 국적, 성 정체성 등으로 옮아온 게 아닐까?

쿠리치바에서 만난 마이우, 프랑코, 쎄우와 어울려 시간을 보내다가 헤어지던 밤을 기억한다. 나와 현호의 숙소 앞까지 데려다주고 자기 집으로 되돌아가는 세 친구의 뒷모습을 지켜보았다, 그들이 골목 저편으로 사라질 때까지. 그리곤 뒤돌아서는데 왠지 나는 애틋해져서 가슴 한구석이 저려 왔다. '저토록 선량하고 여린 젊은 이들이 이 험한 세상을 어떻게 살아갈까?'

더구나 아프리카계 쎄우는 연령, 경제력, 피부색, 성 정체성 등 여러 면에서 사회적 약자이자 소수자였다. 그러나 곧 나는 오지랖 넓은 염려를 접기로 했다. 이곳은 '태어난 모든 생명은 소중하다'를 모토로 삼은 도시, 쿠리치바니까!

Toda vida que nasce é preciosa
태어난 모든 생명은 소중하다

OLINDA

브라질
올린다
BRAZIL

잉걸불 나무가 자라는 해변마을

서기 1500년 바스쿠 다 가마가 개척한 항로를 따라 인도로 향하던 포르투갈 함대가 아프리카 북서쪽 카보베르데 섬에 정박했다. 아침에 일어나 보니 함선 한 대가 보이지 않았다. 150명이나 되는 선원들이 한꺼번에 어디로 사라진 거지? 실종된 배를 찾아 나섰다가 북대서양 환류를 타고 서쪽으로, 서쪽으로 이동했다. 그러다 보니 대서양을 건너 육지에 닿았다.

도착한 땅이 섬인지 대륙인지 알 수 없었다.

일단 포르투갈 영토라고 주장하며 십자가를 세웠다. 그 땅에 원주민이 살고 있었지만 그건 중요하지 않았다. 그 땅을 들락거리며 돈 될 만한 것들을 찾아다녔다. 수렵하고 농사짓는 원주민을 만나긴 했지만 아스텍이나 잉카 같은 왕국도 없었다.

"스페인은 아스텍과 잉카 왕국을 침략해서 한몫 잡았다던데, 여긴 약탈할 만한 금은보화도 없고, 젠장 뭘 갖고 가지?”

지천으로 널린 나무가 낯익었다. 벨벳 같은 고급 천을 빨갛게 염색하기 위해 아시아에서 수입하던 값비싼 나무와 흡사했다. ‘이거 완전 대박인걸!’ 닥치는 대로 베어 날랐다. 선박이 포르투갈에 도착했다. 사람들은 잘라놓은 나무 단면이 새빨갛다고 ‘파우 브라질’, 즉 ‘잉걸불 막대기’라고 불렀다. ‘파우’는 ‘막대기’란 뜻이고, ‘브라질’은 ‘잉걸불’을 가리킨다. 훗날 나무 명이 나라 이름이 되었다. 브라질.

원주민은 브라질 나무가 나던 지역을 ‘페르남부쿠’라고 불렀고, 그래서 페르남부쿠 나무라고도 했다. 벌목이 큰 돈벌이가 되자 유럽인이 몰려들었다. 브라질 최초의 도시, 페르남부쿠주 올린다 (Olinda)의 탄생 배경이다.

브라질 해안 리우데자네이루, 살바도르를 지나 북상하던 나는 올린다로 가려고 헤시피 시외버스터미널에서 내렸다. 다시 시내버스로 갈아타기 위해 해변으로 갔다. 수업 마친 청소년들이 동양인이 신기한지 다가와 말을 걸었다.

"너는 어느 나라에서 왔니?"
"응, 한국에서 왔어!"

고등학생이라지만 독특한 헤어스타일, 귀걸이, 손톱, 저마다 개성들이 또렷했다. 브라질 학생과 얘길 나누다가 문득 한국의 청소년들이 떠올랐다. 한국에선 몇 년 주기로 '올해는 블랙이 유행'이란 기사가 미디어에 오르내린다. 근데 블랙이 유행이 아니라, 흰색 아니면 검정밖에 없는 게 현실 아니었을까? 한국의 중고등학교에서 지금도 생활 규정으로 두발, 옷, 신발, 가방을 착용할 때 원색을 금지한다. 심지어 속옷까지 무채색을 강요한다.

인간의 기호 중 가장 기본인 색깔의 선택지가 협소해질 때, 그 사회의 스펙트럼은 넓어지지 않는다. 다양성을 애초에 차단하고, 흑과 백 중 하나를 강요하는 사회. 그런 강요, 규정이 예술 분야를 넘어 과학, IT, 경영에서 방탄소년단(BTS)이 될 수 있는 한국 청소년의 잠재력을 가로막는 울타리가 되는 게 아닐까.

"근데 저 동상의 인물은 누구니?"
"나나 바스콘셀로스야. 전통악기 베림바우(Berimbau)를 세계에 알린, 이곳 출신 음악가야!"

해변 광장에 세워진 동상을 가리키자 돌아온 대답이었다. 베림바우는 아프리카인이 화살로 활시위를 두드리며 소리를 낸 데서 유래한 악기로, 인류 역사상 가장 오래된 타현악기 중 하나로 손꼽

Olinda

힌다.

나나 바스콘셀로스, 브라질 학생들이 세계적 음악가라고 동상의 주인공을 자랑했지만 내겐 낯선 이름이었다. 고개를 갸웃대자 다른 학생이 소리쳤다.

"팻 메스니의 〈오프 램프 Off-Ramp〉!"

아! 스무 개의 그래미상을 거머쥔 음악가 팻 메스니, 첫 그래미를 받았던 〈오프 램프〉를 함께 만들었던 멤버였구나. 전기기타 음을 감싸는 타악기 소리가 나나 바스콘셀로스의 연주였다. 나나 바스콘셀로스의 임종 후 페르난부쿠주는 사흘간 그의 죽음을 애도했고 그를 기려 동상을 세웠다고 한다.

시내버스로 갈아타고 30분 지나 해변의 카르모 성당에 닿았다. 키 큰 야자나무가 늘어선 거리였다. 파스텔색으로 칠해진 골목을 따라 언덕을 올랐다. 상 벤투, 상 페드로, 상 프란시스쿠 등 성당과 수도원이 가득했다. 1982년 유네스코 세계문화유산으로 선정된 올린다는 2006년 브라질 문화수도로 지정되기도 했다. 올린다가 설립된 건 1535년인데 당시 올린다는 브라질에서 가장 부유한 도시였다. 사탕수수에서 추출한 설탕 덕분이었다. 당시 설탕은 '백색의 금'이었다.

유럽에선 재배하기 어려운 사탕수수가 브라질 북부 토양과 기후

와 맞았는지 무럭무럭 자랐다. 사탕수수즙을 가열해서 설탕을 만들었다. 키가 크고 수액을 흠뻑 머금은 사탕수수는 무겁다. '사탕수수를 베고, 옮기고, 추출해야 하는데 누구에게 이 힘든 일을 시키지?' 아메리카 원주민은 이미 세균에 감염되어 죽거나, 학대를 피해 아마존으로 도망친 후였다.

포르투갈인은 아프리카 대륙에서 노예를 사들여 하루 17시간 일을 시켰다. 그들은 과로로 7~8년이면 죽었다. '그럼 뭐 어때? 면직물 100미터면 노예 50명을 다시 살 수 있는데!' 인신매매와 사탕수수에서 추출한 '백색의 금'으로 부를 쌓은 올린다는 '리스본보

Brazil

다 허영에 찬 도시'가 되었다.

올린다에 도착한 관광객이 가장 즐겨 찾는 장소는 대성당과 미제리코르지아 교회를 잇는 길이다. 바다가 내려다뵈는 언덕은 해적 방어용 요새이기도 했다. 광장이라기엔 길쭉한 공터 같은 공간에서 공예가들이 작품을 팔았다. 이리저리 노점들을 기웃대다가 금속제 돔을 씌운 건물을 발견했다.

집이라기엔 창문도 몇 개 없고, 대체 어떤 용도의 건물이지? 명패를 보는 순간 당황스러웠다. 천문대? 아무리 언덕 위라지만 해발고도가 높지도 않고, 겨우 3층짜리 건물. 의심스러웠다. 무료 입장이라니 일단 들어섰다. 층마다 전시 주제가 달랐다. 1층은 달, 2층은 화성, 3층은 우주.

오래전 프랑스 출신 천문학자가 이 자리에서 혜성을 발견했다. 이름을 붙였다. 올린다 혜성. 남아메리카 대륙에서 발견한 최초의 혜성이었다. 그로부터 30년이 지난 1890년, 그 자리에 알토다세 천문대가 세워졌다.

숙소로 돌아가는 길, 노사 세뇨라 성당 앞을 지나는데 마침 결혼식이 열리고 있었다. 화동들이 성당 문 앞에서 깔깔대며 재롱을 부렸다. 성당 맞은편 건물이 내가 묵는 호스텔이었다.

나는 레베카가 운영하는 이 숙소가 무척 마음에 들었다. 사진을

전공한 그녀가 재활용 수공예품으로 꾸민 공간은 그 자체로 흥미로운 작품이었으니까. 재활용 유리병을 붙여 만든 조명 아래서 레베카에게 궁금한 것들을 묻곤 했다.

"도시의 이름이 왜 올린다야?"

"두 가지 설이 있어. 첫째는 포르투갈 정복자가 도시를 건설하기에 참 좋다는 의미로 "오, 린다(아름답다)!"라고 해서래. 둘째는 중세 유럽 당시 〈갈리아의 아마디스〉라는 베스트셀러가 있었어. 소설 〈돈키호테〉에서 주인공의 애독서로 등장할 정도였지. 주인공이 사랑했던 여인 올린다를 이 도시 이름으로 정했다나. 사실 어느 쪽이 진실인지 알 수는 없어. 그러니 마음에 드는 걸로 선택해."

내가 올린다에서 가장 좋아했던 장소는 미제리코르지아 교회 앞이었다. 언덕에서 내려다뵈는 풍경이 너무나 아름다웠다. 붉은 성당 지붕, 초록빛 야자수, 푸른 바다로 이어지는 풍경이 꿈결처럼 아름다웠다. 단 하루면 둘러볼 수 있는 마을이지만 하루만 더, 하루만 더, 발길을 붙잡았다.

단골 음식점도 생겼다. 테이블이라곤 네 개밖에 없는 식당이었지만 페이조아다(Feijoada)가 정말 맛있었다. 아프리카에서 끌려온 노예들이 검은콩과 부속 고기들을 넣고 삶아 먹던 요리, 지금은 브라질의 국민 음식이 되었다.

하루는 식당에서 페이조아다를 먹는데 TV에서 룰라 전 대통령과 관련된 뇌물 수사 소식이 흘러나왔다. 여주인이 텔레비전을 보며 탄식했다.

"룰라가 없었다면 내 딸은 대학을 나오지 못했을 거야. 내 조카들은 밥을 굶었을 테고, 가난한 사람들은 평생 가난하게 살 거야. 브라질 정치인들이 뇌물 받은 건 룰라 전에도 있었어. 단지 노동당이 계속 집권하는 게 싫어서 실오라기 같은 꼬투리를 잡는 거지!"

나는 '모래알이든 바윗덩이든 물에 가라앉긴 마찬가지다'라는 격언을 떠올리며 식당 주인에게 말했다. "죄가 있으면 대가를 치러야죠!" 그러자 그녀가 얼굴을 붉히며 대답했다.

"룰라에게 혐의를 씌운 모루 판사는 악당의 칼잡이일 뿐이야. 저렇게 유명세를 올린 후 정치인으로 나서겠지! 근데 너는 룰라가 이곳 페르남부쿠주 출신이란 거 알고 있니?"

그랬다, 페르남부쿠주 가난한 농부의 아들로 태어난 룰라. 올린다에서 250킬로미터가량 떨어진 내륙 오지였다. 룰라가 갓난아기 때 아버지는 도시로 떠나 딴살림을 차렸다. 남은 가족도 고향을 떠나 도시빈민이 되었다. 온 가족 모두 일을 해야 했다. 어린 룰라도 땅콩을 팔고 구두를 닦았다.

룰라는 초등학교에 입학했지만 졸업하진 못했다. 그리고 선반공으로 일하던 중 왼쪽 새끼손가락을 잃었다. 같은 직장 여자 동료와 결혼했다. 아내는 첫아이를 뱃속에 품은 채 죽었다. 정치에 관심이 없던 룰라가 노조 활동에 뛰어들게 된 계기다.

"나는 좌파도 우파도 아니고, 단지 사람파입니다!"

룰라의 가장 뛰어난 재능은 타인의 말을 귀담아듣고 합의를 이끄는 능력이었다. 브라질 국회의원 중 노동자 출신이 1퍼센트도 되지 않는 현실을 타파하기 위해 그는 노동당을 창당했고, 세 차례 도전 끝에 대통령이 되었다.

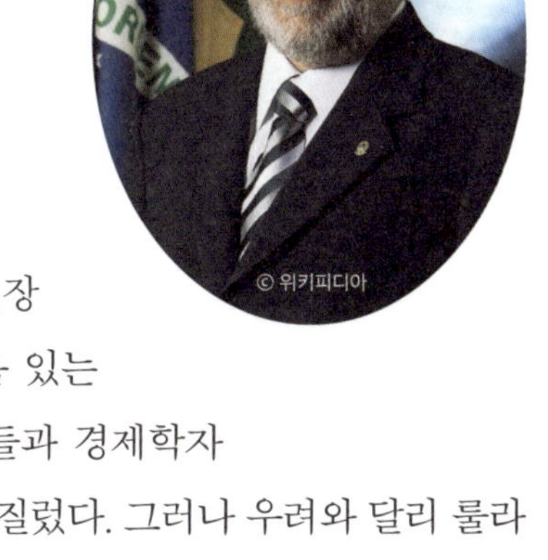

빈농의 아들, 저학력, 노조위원장 출신 대통령. 브라질 역사상 처음 있는 일이었고, 브라질의 보수주의자들과 경제학자들은 나라가 망할 것처럼 비명을 질렀다. 그러나 우려와 달리 룰라 대통령 재임기간(2003년~2010년) 동안 브라질은 세계 8대 경제대국으로 올라섰다.

2,000만 명이 넘는 사람들이 빈민층에서 벗어났다. 3,000만 명의 새로운 중산층이 늘어났다. 룰라는 보수주의자와 경제학자들에게 물었다.

"부자들을 돕는 건 '투자'라고 하면서, 빈자들을 돕는 건 왜 '비용'이라고 합니까?"

올린다를 떠난 후, 나는 종종 페이조아다 맛이 그립다. 내 단골식당 여주인의 간절한 바람과 달리 룰라는 결국 투옥되고 말았다. 룰라를 감옥에 가둬둔 상태에서 치러진 대선에선 군인 출신의 보우소나루가 승리했다. 모루 판사는 법무부장관이 되었다.

2019년 모루 판사의 과거 메시지가 유출되었다. 룰라를 뇌물수수 혐의로 엮는 과정에서 검사와 공모한 게 드러났다. 룰라는 무죄로 석방되었다. 대법관은 판결을 내리며 말했다.

"이 사건의 핵심은, 모든 사람이 올바른 판사, 정당한 절차, 공정한 재판을 받을 권리가 있다는 것입니다."

2023년 룰라가 다시 돌아왔다. 브라질 3선 대통령으로 당선된 그는 지난 보수 정부가 거둬들였던 '저소득층 경제지원 프로그램'부터 부활시켰다. 저소득층 아동의 학교 출석률과 졸업률이 다시 늘어나기 시작했다. 룰라가 처음 취임했던 이래 지금까지 브라질

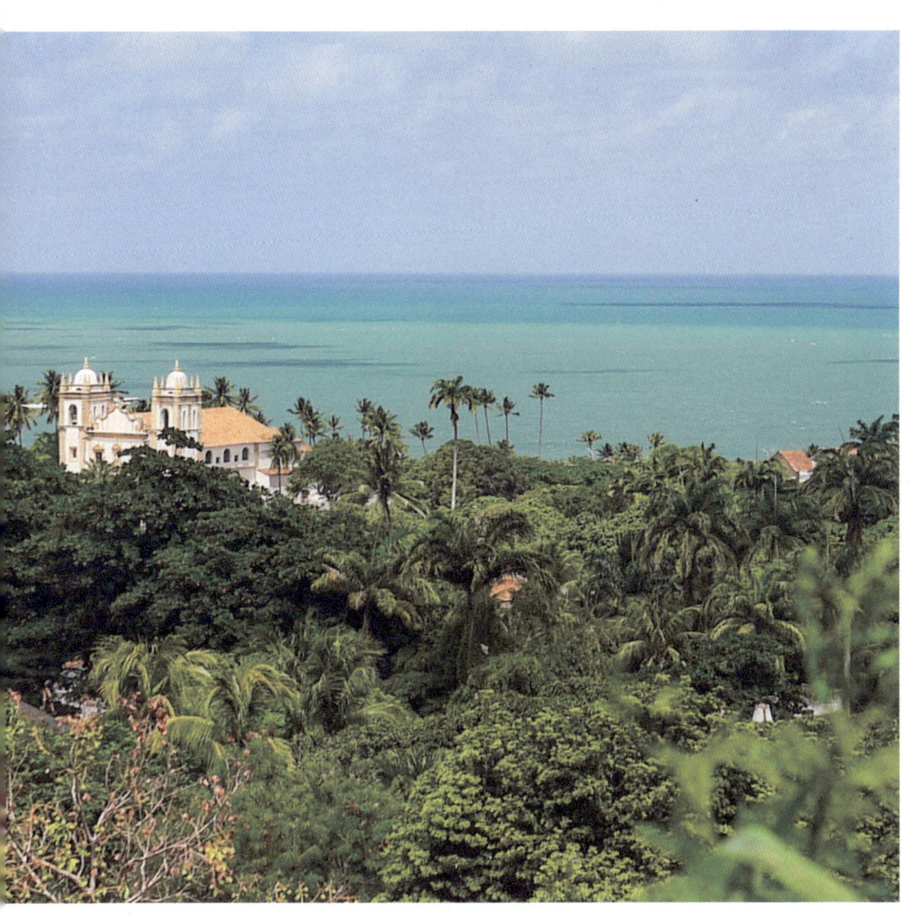

극빈층은 30퍼센트 이상 줄었다.

그는 가난한 사람들을 돕는 것 또한 투자(!)라고 여긴다. 더 많은 이들에게 기회를 주는 게 더 큰 성장을 위한 확률을 높일 수 있다고 여기기에!

FLORIANÓPOLIS

브라질
플로리파
BRAZIL
OS GANCHEIROS ZII
ZII OS GANCHEIROS

푸른 바다와 초록빛 숲, 마법의 섬으로!

"플로리파는 '마법의 섬'이야!"

내 브라질 친구 치아구는 제 고향을 '매직 아일랜드'라고 불렀다. 그가 애향심에서 제 마음대로 붙인 별명은 아니었다. 대서양 연안에 자리한 플로리아노폴리스(Florianópolis)는 한국인에겐 알려진 바가 거의 없지만, 세계인에겐 진작부터 '매직 아일랜드'로 알려져 온 섬이다.

현지인은 브라질 2대 대통령 이름을 딴 긴 지명 대신 줄여서 '플로리파'라고 부른다. 거제도 넓이 2배가량으로 '거제도와 거제대교가 잇닿은 육지 일부를 포함하는 모양새'로 섬의 절반이 생태보존구역이다. 이쯤에서 당신은 짐작할 것이다. 힐링하기 참 좋은 섬이겠구나!

정확한 추측이다. 그런데 플로리파를 제대로 알려면 몇 가지 사항을 더 알아야 한다. 대서양 연안 섬이기에 어업 종사자가 다수일 거라고 짐작하기 쉽지만, 시민 대다수는 아이티(IT) 산업과 서비스 산업 종사자다.

미국 주간지 〈뉴스위크〉는 플로리파를 '세계에서 가장 역동적인 10개 도시' 중 한 곳으로 꼽았고, 브라질 주간지 〈베자〉는 플로리파를 '브라질에서 가장 살기 좋은 곳'으로 소개한다.

도심의 아파트와 빌딩 사이를 벗어나 차로 잠깐만 달리면 하얀 모래가 깔린 해안선이 펼쳐진다. 섬 전체에 공식적으로 42개, 비공식적으로 100개 넘는 해수욕장이 있다. 직장인은 퇴근 후나 휴일에 서핑, 요트, 패들보딩 등 다양한 해양스포츠를 즐긴다. 브라질판 실리콘밸리가 대서양과 아열대숲이 어우러진 섬 한가운데 있는 셈이다.

쿠리치바를 출발한 버스가 4시간가량 달려 브라질 내륙과 플로리파 섬을 잇는 페드루 대교를 건넜다. 다리를 건너는 동안 브라질에서 가장 긴 현수교이자 이 섬의 랜드마크가 된 에르실리우루스 다리가 보였다. 옆좌석에 앉아 있던 현호가 물었다.

"터미널에 내리고 나선 어디로 가?"
"가장 유명한 해변은 두스잉글레지스래. 지금은 비수기라 내 친구가 바하다라고아 해변을 추천하네."

플로리파 시외버스터미널에서 갈아탄 택시가 언덕을 오른 후 동쪽으로 난 고갯마루를 넘었다. 플로리파가 품고 있는 푸른 눈, 콘세이상 호수가 내려다보였다. 호숫가에 정박한 요트와 수면 위에서 패들보드를 타는 사람들이 눈에 들어왔다. 호수변을 따라 부티크 상점과 호스텔 간판이 즐비했다.

10여 분을 더 달린 뒤 해안마을에 이르러 택시가 섰다. 예약해 둔 숙소는 골목길을 지나야 하는 해변 언덕 위에 있었다. 오르

는 길이 힘들어도 전망만 좋다면야! 체크인하고 옥상으로 올라갔다. 대서양이 발아래 펼쳐졌다. 숙박객들이 남긴 리뷰가 틀리지 않았구나, 바하다라고아 해변에서 가장 멋진 전망을 갖춘 히피풍 호스텔!

숙소를 나서 현호와 해변 등대 쪽으로 갔다. 밝은 햇살이 대서양의 푸른 파도와 몸을 섞는 동안 현지인이 갯가에서 낚시를 하고 있었다. 고등학생 또래 청소년이 우리 곁으로 다가와 말을 걸었다. 몇마디 질문에 답하는 사이 친구가 되었다. 10대 청소년이 현호에게 물었다.

"너도 세일링을 하니?"
"어, 어떻게 그걸 알아?"

현호가 깜짝 놀라자 '코리아 세일링'이란 마크가 붙은 셔츠를 가리켰다. "나도 세일링을 해. 내가 입고 있는 이 옷도 세일링 클럽 셔츠야!" 그렇게 한참 둘이서 요트 얘기를 나누다가 브라질 청소년이 갑작스레 웃통을 벗기 시작했다.

"너를 만난 기념으로 이 셔츠를 선물로 주고 싶어!"

그는 공통의 취미를 가진 친구를 만나 더없이 기쁜 표정이었다. '공통의 취미'는 국적, 성별, 나이를 막론하고 모든 인류를 친구로 만들어주는 접착제다. 일상생활에서 미술, 음악, 스포츠 같은 취미

     Florianópolis

를 향유하기 어려운 사회일수록 세대간 단절이 심하다고 하던가?

모래사장이 있는 해변으로 향했다. 아버지와 아들이 브라질 전통무술인 '카포에이라'를 연습하고 있었다. 10대 소년들이 서핑을 하고 있었다. 퇴근한 직장인들이 차량에서 패들보드를 내려놓고 있었다. 플로리파의 평일 저녁 풍경이었다.

당장 내일이 신문사에 보낼 원고 마감일이라 숙소에서 노트북을 붙잡고 앉았다. 내가 작업을 하는 동안 외출했다가 돌아온 현호가 물었다.

"백패커스 호스텔 직원 말이야. 숙소로 오다가 길에서 또 마주쳤어. 저녁에 스시 파티한다고 놀러 오래. 어떡할까?"
"어떡하긴, 얼른 원고 보내고 놀러 가야지!"

얼른 일을 끝낸 후 현호가 공항 면세점에서 사 왔다는 고량주를 챙겨 들고 파티 장소로 갔다. 호스텔 숙박객들이 갹출한 돈으로 횟감용 물고기를 사고, 초청한 일식 주방장이 회를 뜨고, 호스텔 바에선 술을 팔았다. 맥주만 들이켜던 일행들이 알코올 도수 높은 고량주를 보더니 환호하며 인사를 건넸다.

미국 출신 제인과 존은 이틀 묵을 작정으로 플로리파에 왔는데 이미 일주일이 지났고, 다른 도시로 갈 엄두가 나지 않는다며 푸념을 했다. 그러다 느닷없이 소리를 질렀다. "이츠 매직 아일랜드~"

그 환호성에 현지인 호세가 물었다.

"너, 왜 매직 아일랜드인 줄은 아니?"
"아름다운 바다, 안전한 도심, 멋진 리조트, 맘껏 누릴 수 있는 해양스포츠!"

제인의 대답에 호세가 고개를 저으며 말했다.

"'마법의 섬'이란 별명이 붙은 건 괴물과 마녀 때문이야. 포르투갈령 아조레스 제도에서 온 이민자들이 정착한 동네에선 마녀가 배를 훔치거나 그물로 장난을 쳤다는 얘기가 파다해. 동굴에 사는 마법사기 어부를 신비한 식물로 치료하고 사라졌다는 얘기도 유명하지. 그물을 걷으러 간 어부가 괴생물체를 목격했다는 소문도 있어. 그 어부가 어둠 속에서 본 건 아마도 물개였을 테지만. 유럽과 다른 환경에서 비롯된 두려움이 마녀와 마법사와 괴물을 만들었고, 그런 전설로 인해 플로리파가 '마법의 섬'이 된 거야."

거센 해풍이 부는 골목을 지나 숙소로 돌아왔다. 그리고 아침이 되자 거짓말처럼 화창하게 개었다. 식사 후 언덕 끝까지 현호와 산책을 했다. 주말이라 현지인 관광객이 꽤 많았다. 너럭바위에 앉아 절경을 감상하는데 나들이객이 곁에 앉더니 말을 걸었다. 청년이 입은 셔츠 가슴팍엔 이런 문장이 씌어 있었다.

I am not perfect, but I'm limited edition

나는 완벽하진 않아, 그러나 나는 한정판이지

처음 그 문구를 본 건 태국에서였는데 남아메리카까지 퍼졌구나. 출처는 '세실 프랏'이란 인물이라는데 그에 대해 알려진 바는 전혀 없다. 해가 점점 높아질수록 더워졌다. 수영복으로 갈아입은 사람들이 해변으로 몰려갔다.

"우리도 수영이나 할까?"
"좋지!"

수평선을 향해 물속으로 100미터를 걸어 들어가도 겨우 허리춤, 발가락까지 다 보일 정도로 맑은 바닷물, 해수욕장이 수영장이나 다를 바 없었다. 헤엄을 치거나 물 위에 둥둥 뜬 채 하늘을 바라보거나 그렇게 실컷 물놀이하고 신발을 벗어뒀던 곳으로 오는데 저만치 앉아 있던 무리가 손을 흔들었다.

"안녕, 어느 나라에서 왔니?"
"한국에서!"
"맥주 같이 마실래?"

브라질 출신은 한 명뿐, 각기 다른 나라에서 온 이민자와 장기체류 여행자였다. 이들은 1960~1970년대 태어난 엑스(x)세대였는데, 호주 출신의 제롬은 소형 비행기 조종사라고 했다. 일 년 중 성수기 몇 달만 일하고 나머지는 휴양지에서 보낸다고.

　　　　　　　　　　　　　　　　　　　　　　　　Florianópolis

"삶이란, 결국 내가 지구에서 보낸 시간이잖아. 놀지 않고 일하면 나도 연봉 10만 달러 이상 벌 수 있어. 그런데 오직 일만 하면서 지구에서의 내 시간을 보내고 싶진 않아. 오늘처럼 아름다운 햇살이 유혹할 땐 더더욱!"

제롬이 숯불에 고기를 구우며 말했다. 곁에 앉은 카밀라는 장기체류형 여행자라고 소개했다. 여행장소에서 요가를 가르치며 여비를 번다며. 브라질인 알렉스는 일본에서 일한 적이 있다고 했다. 알렉스가 일본에서 겪었던 일들을 전하며 현호와 내게 물었다.

"일본에서 만난 친구들은 지독한 일 중독자들이었어. 오직 일, 일, 일. 옆 나라인 한국인들도 그러니?"
"……"

(당신은 어떻게 대답하겠는가?)

맥주를 마시며 그들과 대화를 나누는 동안 마치 더글러스 코플랜드의 소설 〈제너레이션 X〉에 들어온 기분이었다. 더글러스 코플랜드는 폴 퍼셀의 사회학 서적 〈계급〉에서 'X'를 가져왔다고 했다. 폴 퍼셀은 지위, 돈, 사회적 상승의 회전목마에서 뛰어내리고 싶어 하는 이들을 'X'로 명명했더랬지.

숯불구이와 샐러드를 안주 삼아 맥주를 연이어 마셔댔다. 순식간에 여덟 캔 들이 두 상자가 비었다. 현호가 가게로 가서 한 상자를 더 사 왔다. 그마저 다 마시고 카밀라가 한 상자를 더 사 왔다. 맥주가 빌 때마다 번갈아 가게를 오가는 사이 빈 맥주 캔이 쌓여갔다. 까마득한 북쪽 모래사장을 바라보며 제롬에게 내가 물었다.

"이 해변의 끝은 어디지?"
"모잠비크 해변, 모래사장이 여기서 12킬로미터나 더 이어져. 중간에 나체로 돌아다녀도 돼. 아무도 그곳까지 가진 않거든."

Florianópolis

"아냐! 매월 보름달 뜰 때 중간에서 파티가 열려, 양쪽에서 6킬로미터씩 걸어가 만나는 거지! 하하하."

알렉스가 웃으며 제롬의 대답을 받았다. 그렇게 모래사장에서 마시고 떠드는 사이 해가 기울었다. 이제 집으로 돌아갈 시간. 각자 가져온 가방을 들고, 제롬과 나는 빈 맥주 캔을 담은 비닐봉지를 들었다. 백사장에서 빠져나와 인도로 올라서니 쓰레기통이 보였다. 아직 여분의 공간이 남아 있었다. 내가 가져온 비닐봉지를 쓰레기통에 넣으려 하자 제롬이 소리쳤다.

"노 노 노, 안 돼!"
"아직 공간이 있는데?"
"바람 불면 바다로 날아갈지도 몰라, 내 차에 싣고 갈게."

순간, 북한산에 올랐던 어느 날이 떠올랐다. 하산하는데 국립공원 입구에 쓰레기통이 있었다. 가득 찬 상태였지만 쓰레기통 옆으로 비닐봉지가 계속 쌓였다. 바람이 불자 봉지가 뱉어낸 일회용품이며 사탕 껍질이 산으로 되돌아갔다. 그 모습을 본 이들도 쓰레기통 옆에 봉지를 내려놓긴 매한가지였다. 피서철 해변에서도 같은 모습이 재현되곤 했다. 다들 이런 마음이었을 것이다. '여하튼 난 쓰레기통 옆에 버렸으니까!'

술을 마시지 않은 채 수다만 떨던 카밀라가 친구들을 차에 태웠다. "차오!" 작별 인사를 하고 숙소로 돌아오는데 뭔가 이상하다는

생각이 들었다. 화창한 주말, 수천 명 인파가 몰려와 해변에서 놀다가 떠났다. 그런데 모래사장도, 인도도, 차들을 세워뒀던 공터도 이상할 정도로 깨끗했다. 수천 명 인파가 휩쓸고 지나갔지만 아무도 찾지 않은 해변인 듯 말끔한 풍경.

이것이야말로 플로리파의 '진정한 마법'이었다.

Florianópolis

BRAZILIA

브라질
브라질리아
BRAZIL

해발 1,100미터 고원에 세운 '브라질의 세종시'

1956년 주셀리누 쿠비체크는 브라질 수도를 내륙으로 옮기겠다는 공약을 내걸고 대통령에 당선되었다. 루시우 코스타(1902~1998)는 '항공기 형상'을 가져와 새 수도의 마스터플랜을 그렸다. 조종석 위치에 대통령 집무실, 입법, 사법부 건물을, 동체에 정부 부처 건물을, 양쪽 날개에 시가지를 배치한 형상이었다. 물론 기존 수도였던 리우데자네이루와 상파울루 시민은 천도에 반대했다. 부동산 가격이 하락하고 도시 경제가 낙후할 거라며 불안해했다.

반대를 무릅쓰고 수도 건설에 들어간 지 2년이 지난 뒤 세계인에게 도시를 선보였다. 20세기 최대 건설 프로젝트를 보기 위해 각국 정치지도자가 참석했고, 교황이 축복했다. 브라질리아는 단숨에 미래도시의 상징이 되었다. 그리고 1987년 유네스코 세계문화유산에 등재되었다. 20세기에 만들어진 도시를 유네스코 세계문화유산으로 선정한 이유는 '인간의 창의성으로 빚어진 걸작'이란 평가와 '인간 역사에 있어 중요 단계를 예증하는 건축, 기술, 경관'

이라는 지점이었다.

천도 후 60여 년, 브라질리아는 남아메리카에서 1인당 GDP가 가장 높은 도시이다. 염려와 달리 상파울루는 여전히 브라질 제1의 경제도시로 굳건하다. 그리고 리우데자네이루는 브라질 하면 세계인이 가장 먼저 꼽는 관광도시로 발돋움했다. 오히려 수도를 내륙으로 옮기면서 황무지가 개발되었고, 그로 인해 농업 수출량

© 위키피디아

                Brazilia

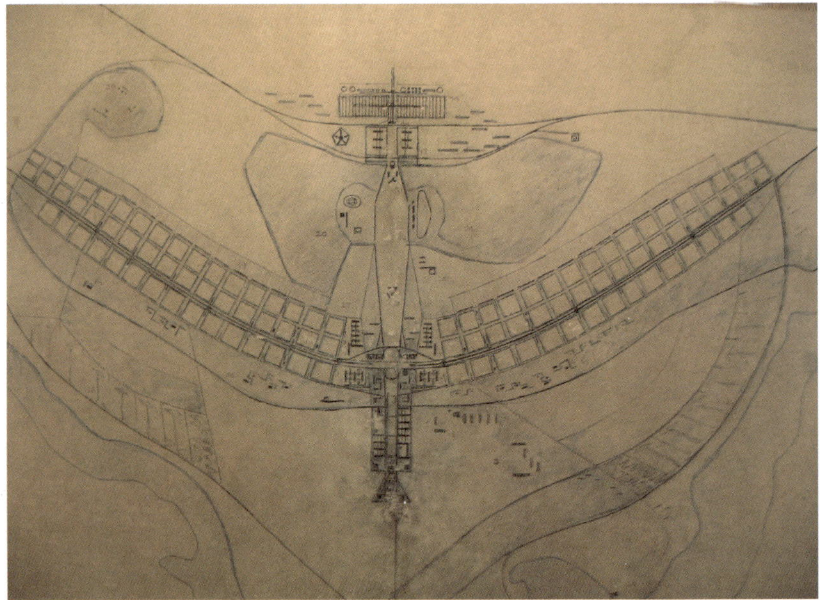

© 위키피디아

이 세계 1위인 미국과 어깨를 나란히 할 정도로 성장했다. 이는 세계경제 위기라는 큰 파도가 칠 때마다 브라질 경제가 견딜 수 있는 방파제가 되었다.

대도시에서 육로로 브라질리아까지 가는 여행자는 극히 드물다. 대부분 항공로를 이용한다. 브라질리아가 상파울루, 리우데자네이루, 사우바도르 등 동부 해안과 접한 도시에서 너무 멀기 때문이다. 특히 버스로 브라질리아에 갈 생각은 하지 않는다. 그 미친 생각을 내가 했다.

궁금했기 때문이다. '초록빛으로 들어찬 브라질 내륙을 관통하는 건 어떤 기분일까?' 포스두이구아수에서 버스로 1,600킬로미터, 한반도 길이보다 긴 거리. 소도시를 가끔 지나치기도 하지만 마치 초록빛 사막을 지나가는 기분이었다. 하염없이 푸른 숲이 이어지는 길 위에서 나는 수도(Capital)에 대해 생각했다.

고대 도시는 그 자체로 수도이면서 국가였다. 규모가 커지면서 여러 도시 중 하나를 수도로 정했다. 정치세력의 변화로 천도하기도 했다. 가령 왕건은 고려를 세우며 개성으로, 이성계는 조선을 세우며 한양으로 옮겼다. 수도를 옮기려면 기득권의 반대를 무릅써야 했고, 천도는 새 시대를 여는 상징이었다. 천도의 관점에서 보면, 한국인은 600년 넘도록 새 시대를 맞이한 적이 없는 셈이다.

물론 해방 후 수도를 옮겨 새 시대를 열려는 시도는 있었다.

"서울의 인구 문제는 수도 이전 외 다른 방법이 없겠소!"

이 말을 했던 대한민국 대통령은 누구였을까? 박정희였다. 비록 정적이던 김대중이 먼저 내건 공약이긴 했지만, 초법적 대통령인 박정희조차 늘어나는 서울 인구를 백약으로도 해결할 수 없었기 때문이다.

극비리에 400여 명의 전문가가 참가하고 2년에 걸친 연구 끝에 '행정수도 이전을 위한 백지계획안'이 작성되었다. 100여 권에 달하는 책자였다. 1979년 종합요약본이 대통령에게 전달되었다. 1996년까지 수도 이전을 완료한다는 계획이었다. 실행되진 못했다. 그해 박정희 대통령의 서거로 없던 일이 되었으니까.

어둠 속에 묻힌 문서가 다시 빛을 본 건 노무현 대통령에 이르러서다. 이 백지계획안엔 신도시의 전체 도면이 그려져 있었다. 새가 날개를 활짝 펼친 듯한 형상. 새의 머리에 해당하는 위치에 대통령 관저, 양쪽 날개 죽지엔 각각 국회의사당과 대법원이 자리했고, 활짝 편 날개 위로 시가지가 내려앉은 모양새였다.

런던, 파리, 베를린, 도쿄, 워싱턴 등 유럽부터 아시아를 거쳐 북아메리카까지 둘러봐도 '새의 형상'을 한 수도는 없다. 유기체처럼 성장하는 도시가 그런 모양이 될 수는 없는 법이니까. 빈 땅에 새로운 도시를 계획적으로 건설한다면 모를까! 시야를 전 세계로 확장하면 새의 형상을 한 도시가 딱 하나 있긴 하다. 브라질리아

(Brazilia)다.

김대중의 구상, 박정희의 계획, 노무현의 실행. 한국 대통령이 된 세 사람은 정치관, 국가관, 세계관에서 큰 차이를 보이지만 '대한민국 수도를 이전해야 한다!'는 결론은 같았다. 그러나 그들의 시도는 모두 무산되었고, 그 결과 서울은 인구밀도 세계 2위 도시가 되고 말았다.

물론 서울보다 인구밀도가 더 높은 파리가 있긴 하다. 그러나 프랑스 전체인구 대비 '파리권' 인구비는 5분의 1에 불과하다. 악명 높았던 '도쿄권' 인구비가 '파리권'보다 더 높다. 일본 전체 인구 대비 3분의 1 수준이다. 한국의 경우는 어떨까?

대한민국 인구 대비 2분의 1이 수도권에 산다. 수도권 집중의 심각성은 수도권이 아니라 파리권, 도쿄권이라 부르듯 '서울권'이라고 부를 때 명확해진다. 대한민국 전체 인구 중 반 이상(50.4퍼센트)이 '서울권'에 몰려 산다.

나는 밤의 도로를 지나 아침, 점심, 다시 저녁, 40시간을 달린 후에 브라질리아에 닿았다. 해발고도 1,000미터가 넘는 고원지대지만 평평해서 고도를 느낄 수 없었다. 마치 거대한 구름이 떠다니는 대양 위에 서 있는 것 같았다. 철골 구조 버스터미널에서 나와 도심 호스텔로 가기 위해 택시를 탔다.

주거 구호를 위한 국제 NGO 단체 '해비타트'가 주관하는 세미나 참석차 브라질리아에 온 카를로스를 숙소에서 만난 건 행운이었다. 대학시절 미학 수업을 청강하며 고대 그리스부터 근대 유럽에 이르는 건축 사조에 대해 배운 적이 있지만, 20세기 이후 건축에 대해선 문외한이나 다를 바 없었으니까.

"20세기 대표적인 건축가 르 코르뷔지에가 없었더라면 브라질리아는 존재하지 않았을는지도 몰라. 그는 철근 콘크리트로 혁신을 일으킨 프랑스 건축가야. 가난한 노동자도 햇빛과 숲을 누릴 수 있도록 하기 위해 공산품 같은 콘크리트 집을 구상했지. 규격화된 크기, 전후좌우, 아래위로 복사가 가능한 집."

카를로스의 애기를 듣다 보니 한국 대도시를 가득 채운 주거공

간이 떠올랐다. "그거 아파트먼트 아냐?" 내 질문에 카를로스가 웃
으며 대답했다.

"맞아! 르 코르뷔지에는 철근 콘크리트로 신도시를 건설해서 더
많은 사람에게 저렴한 가격으로 집을 공급하자고 했지. 층수를 더
높이 올릴수록 녹지 공간을 넓힐 수 있으니까! 그는 많은 도시계획
도를 그리긴 했는데 실현되진 않았어. 대신 브라질의 도시설계자
와 건축가가 브라질리아를 만들면서 그의 상상을 실현시켰지!"

카를로스가 언급한 브라질 건축가는 오스카르 니마이어(Oscar
Niemeyer)다. 브라질에선 꽤 유명한 인물로서 쿠리치바에서도 그의
작품인 박물관을 방문한 적이 있었다.

"숙소에서 큰길로 나가 공원을 따라 동쪽으로 쭉 가면 오스카르 니마이어가 만든 건물들을 차례대로 보게 될 거야. 사람들은 그를 '콘크리트의 피카소'라고 불러."

브라질리아에서 가장 먼저 만난 오스카르의 작품은 국립박물관이었다. 건축물이라기보다 마치 반쯤 땅속에 잠긴 하얀 행성의 테두리에 토성의 띠 같은 게 하얗게 둘러쳐져 있는 듯했다. 브라질리아가 아니라면 어디서도 볼 수 없는 독특한 형태.

특정 용도의 건물이 아니라 마치 기하학적 예술작품 같았는데 조각이라기엔 너무 거대했다. 멍하니 건물을 바라보자니 내 정신이 안드로메다로 날아가는 듯한 기분이 들 정도였다. 색이 바랜 행성을 하얗게 도색하기 위한 작업이 진행 중이었다.

강렬한 햇볕이 내리쬐는 공터를 지나니, 오스카르가 지은 두 번째 건물에 닿았다. 브라질리아 대성당. 콘크리트 기둥 16개가 쌍곡면을 이루며 솟아올라 있는데, 그건 마치 왕관 같기도, 성배 같기도, 기도하는 손 같기도 했다. 건물로부터 적당한 거리를 두고 외관을 감상하며 성당 둘레를 한 바퀴 돌았다. 이 또한 특정 용도의 건물이 아니라 거대한 형상의 조각품 같았다. 심지어 성당이란 용도에 어울리는 정문도 보이지 않았다.

가까이 다가서자 열두 사도 조각상 너머로 지하로 내려가는 입구가 보였다. 맑은 물이 고인 연못 아래를 통과해 성당 내부로 들

Brazilia

Brazilia

어갔다. 성수를 찍어 이마에 바르지도 않았는데 마치 이마에 성수를 뿌린 듯한 기분이 들었다. 성당 내부는 밖에서 내가 짐작한 크기보다 훨씬 높고 넓었다. 스테인드글라스를 통과한 햇빛이 퍼지는 거대한 공간, 천사상이 날아다니고.

주기도문을 외운 후, 대성당을 나왔다. 동쪽으로 고개를 돌렸다. 브라질 국회의사당 건물이 보였다. 오스카르의 또 다른 대표작이었다. 거대한 지붕 위에 둥근 사발 하나는 엎어놓고, 하나는 똑바로 놓은 듯한 형상의 건물로서 하나는 상원, 다른 하나는 하원 의사당이다.

대통령궁은 입법부인 국회의사당과 사법부인 대법원과 적당한 거리를 두고 자리하고 있었다. 너무 멀지도 가깝지도 않게. 마치 그래야 한다고 주장이라도 하는 듯.

오스카르의 작품을 연달아 경험하니 르 코르뷔지에와의 차이점이 보였다. 철근 콘크리트를 재료로 건물을 짓는다는 건 같지만, 르 코르뷔지에의 건물이 수평과 수직선에 원리를 둔 '몬드리안의 작품' 같다면 오스카르의 건물은 곡선이 흐르는 '호안 미로의 작품' 같았다.

많은 건축평론가가 브라질리아를 두고 실패작이라고 평하곤 한다. 도시를 걷는 동안 오가는 사람도 드물고, 상점 거리도 적고, 차들만 오가는 넓은 도로 옆에서 두 발로 걷는 보행자는 하찮은 존재로 전락한 듯한 기분이 든다는 이유다.

그러나 브라질리아의 역사는 이제 겨우 60여 살, 수백 년에서 천 년 역사를 가진 타국 수도에 비하면 갓난아이에 불과하다. 도시는 시간 속에서 하나의 생명체처럼 나고, 자라고, 때론 소멸한다. 유기물 같은 도시가 어떻게 성장하고 변화할지 우리 세대는 알 수 없다. 나는 미래도시 같은 브라질리아를 거닐며 훗날 나누고 싶은 대화를 상상했다.

"브라질리아는 왜 브라질리아야?"
"브라질에 '땅'을 뜻하는 이아(~ia)가 붙어서 브라질리아야!"
"너무 싱거운데!"
"그럼 세종시는 왜 세종이야?"
"말하고 싶은 것이 있어도 뜻을 펴지 못하는 국민을 위해 한글을 만든 왕이 있었어. 모든 국민이 쉽게 익히고 쓸 수 있도록! 우리는 그를 기리기 위해서 수도 이름을 '세종'이라고 지었지."

AREQUIPA

페루
아레키파
PERU

가장 거대한 지구를 경험하는 이는 누구인가

지구의 겉넓이는 얼마나 될까?

위키피디아로 검색하거나 챗GPT에게 물어보면 지구 겉넓이가 510,067,420km^2라고 알려준다. 이것은 구의 표면적을 구하는 공식 $4\pi r^2$을 통해 얻은 값이다. 수학자들이 공식에 대입해서 알려준 지구 겉넓이가 실제 지구 겉넓이와 일치할까? 내가 직접 경험한 바론, 지구 겉넓이는 수학 공식으로 나온 값보다 넓다. 훨씬 더 넓다.

지구는 구슬처럼 반질반질한 구가 아니다.

지구는 수많은 주름을 가진 행성이다. 가령 인간의 소장(小腸) 둘레는 농구공보다 더 작지만, 소장의 주름과 융털을 펼친 전체 표면적은 테니스 코트 하나를 다 덮을 정도가 된다. 마찬가지로 지구는 높은 산맥, 깊은 계곡, 깎아지른 협곡으로 가득하다. 산 높고 계곡 깊을수록 지구의 겉넓이는 늘어난다.

남아메리카 대륙, 페루의 콜카(Colca) 협곡은 지구 겉넓이를 대폭 확장하는 초거대 협곡이다.

잉카의 수도였던 쿠스코와 페루 제2의 도시 아레키파(Arequipa) 사이 안데스 고원에 콜카 협곡이 있다. 지구가 생성된 이래 물은 산을 깎고 해발 5,000~6,000미터 높이 안데스의 산과 산 사이로 깊이 수천 미터에 이르는 협곡을 만들어냈다.

7,000년 전 이 협곡의 동굴 벽에 라마, 여우, 별을 그렸던 이들의 후손은 암석 사이를 비집고 터져 나오는 지하수와 빗물을 계단식 경작지로 끌어와 농사를 짓기에 이르렀다. 케추아족과 아이마라족은 일찍이 진흙과 밀짚을 섞어서 만든 용기에 곡식을 저장했는데 그 용기 또는 저장고를 '콜카'라고 불렀다.

페루의 콜카 협곡이 유럽인에게 처음 알려진 건 16세기 이후다. 1981년에 이르러 폴란드 탐험대가 협곡의 깊이를 측정했고, 콜카 협곡은 '세상에서 가장 깊은 협곡'으로 기네스북에 등재되었다.

인류가 지구의 더 깊은 협곡까지 탐험하면서 순위가 조금씩 뒤로 밀려나긴 했다. 미국의 그랜드캐니언(깊이 1,737미터)보다 더 아찔한 콜카 협곡(깊이 4,160미터)은 쿠스코, 리마와 더불어 페루에서 세 번째로 관광객이 많이 찾는 명소가 되었다. 세상에서 가장 깊은 협곡으로 알려졌던 과거 명성 탓도 있지만 안데스를 대표하는 새, 콘도르(Condor) 때문이다.

Arequipa

퓨마와 더불어 잉카인이 가장 숭배했던 동물인 콘도르는 지구상에서 가장 큰 맹금류다. 양쪽 날개를 펼치면 3미터가 넘고, 몸무게가 15킬로그램에 이르는 조류. 주로 해발 3,000~5,000미터 절벽에 둥지를 트는데, 콜카 협곡은 일반인이 콘도르를 가장 쉽게 목격할 수 있는 장소다.

"콜카 협곡에 같이 가지 않겠소?"

페루 초등학교 교사로 파견된 한국 코이카 단원인 주 선생이 물었다. 여름방학을 맞아 지금껏 가보지 않은 코스까지 나흘간 트레킹을 할 계획이라고 했다. 현지 여행사에선 통상 콘도르 전망대와 콜카 협곡만 보고 돌아오는 '당일치기 트레킹'이나 상가예 마을에서 하룻밤 묵는 '1박짜리 트레킹'을 제공한다.

그러나 콜카 협곡은 하루이틀에 둘러볼 수 있는 협곡이 아니다. 콜카 협곡 전 구간을 둘러보려면 나흘이 소요된다. 다행인 건 중간중간 현지인이 사는 마을과 숙소가 있기에 텐트, 침낭 같은 야영 장비를 메고 다니진 않아도 된다. 나흘이면 콜카 협곡 전 구간을 모두 지날 수 있는 일정이었다.

"좋아요, 같이 갑시다!"

아레키파에서 콜카 협곡까진 160킬로미터, 구불구불 안데스 고원을 오르내리며 차로 5~6시간 달려야 닿는다. 새벽에 일반버스

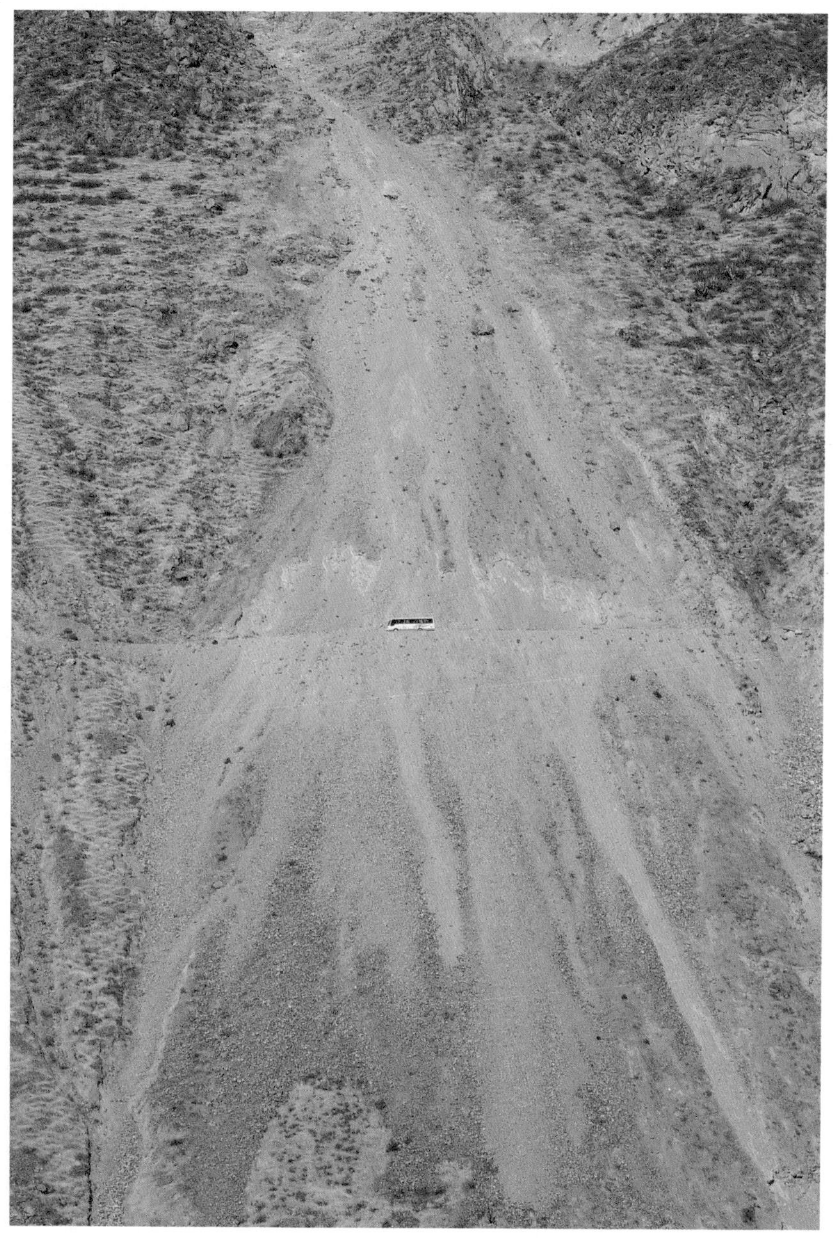

Arequipa

를 타고 아레키파를 빠져나왔다. 푸르스름한 달빛 아래를 달리던 버스가 동틀 무렵 해발 4,800미터 고개를 넘었다. 금빛 어스름 사이로 라마, 알파카 같은 초식동물이 풀 뜯는 광경을 보고 지나갔다. 치바이 마을을 지나자 '잉카 테라스'로 불리는 계단식 경작지가 펼쳐졌다.

오전 9시 무렵 드디어 콜카 협곡 인근 '콘도르 전망대'에 정차했다. 관광명소이자 휴게소를 겸하는 곳이었다. 콘도르를 볼 수 있는 시간은 '매직아워', 혹은 '개와 늑대의 시간'이라 부르는 황혼 무렵과 이른 아침이다. 전망대 주변 공터는 주차한 차량과 관광객들로 인산인해였다. 콘도르를 보기 위한 사람들이었다.

나는 콘도르의 비상을 맨눈으로 바라보았다. 콘도르가 상승기류를 타고 솟구쳤다. 한 시간을 비행하는 동안 날개를 펄럭이는 시간은 일 분도 되지 않는다지. 콘도르를 카메라에 담기 위해 전원을 켜려다가, 멈칫 손을 멈췄다. 영화 〈월터의 상상은 현실이 된다〉에서 사진작가 오코넬 역을 맡은 숀 펜의 대사가 떠올랐기 때문이다.

"정말 아름다운 순간이 오면 말이야, 카메라로 방해하고 싶지 않을 때도 있어. 그냥 이 순간에 머물 뿐이야. 그래 바로 저기, 그리고 여기…."

잠시 후 버스가 다시 출발했다. 우리는 반 시간쯤 지나 산미겔 전망대(해발 3,400미터) 앞에서 내렸다. 콜카 협곡 트레킹의 시작점이었다. 곧 수직 절벽과 다를 바 없는 내리막으로 도보 길이 이어졌다. 1,100미터의 높낮이를 잇는 급경사를 내려가기 위해 길은 끊임없이 지그재그를 그렸다.

짐 실은 당나귀와 관광객을 실은 당나귀가 좁고 가파른 길을 내려갔다. 심장 약한 사람은 길의 바닥만 보느라 경치를 감상하지 못할 구간도 나타났다. 하염없는 비탈길이지만 멈춰 서서 바라보면 세상 어디서도 볼 수 없는 비경이 펼쳐졌다. 3시간이 지난 후에야 바닥, 콜카 강에 닿았다. 다리 앞에 공원검문소가 있었다.

다리를 건너자마자 다시 오르막으로 이어졌다. 헉. 헉. 헉.

산후안 마을로 들어서자 트레커가 묵는 숙소가 몇 채 있었다. 주 선생과 나는 글로리아 호스텔에 여장을 풀었다. 산후안을 지나 상가예 마을로 가는 트레커들이 음료를 마시며 한숨을 돌렸다.

나는 잔디밭에 누워 쉬며 맞은편 협곡을 올려다보았다. 마치 1,000미터 산 아래서 정상을 올려다보는 듯한 기분이었다. 오후 4시인데 벌써 협곡엔 짙은 그늘이 지고, 숙박객들이 외투를 겹쳐 입었다. 달빛이 마을로 내려앉은 건 한참이 지난 뒤였다.

다음 날, 주 선생이 준비해 온 김밥으로 아침식사를 해결하고 길을 나섰다. 어제는 가이드를 앞세운 다른 여행자의 뒤를 따랐지만, 이젠 이정표도 없고, 다른 여행자도 없었다. 백년초와 무화과와 레

몬이 자라는 마을을 지나 흔들다리를 건넜다.

가파른 비탈을 힘겹게 오르던 중 뜻밖의 가게를 만났다. 2014년 카바나콘데 마을과 타파이 마을을 오가는 버스가 개통한 후, 당나귀 등에 식량이나 물품을 싣고 비탈을 내려와 오가는 트레커들에게 판다고 했다. 협곡을 오가는 트레커들이 지쳐 쓰러질 지점에 자리한 가게였다.

큰길에 올라서자 동과 서로 길게 쭉 뻗은 협곡이 한눈에 들어왔다. 깊이 팬 협곡 아래 강바닥 가까이 자리 잡은 상가예 마을이 내려다보였다. 유럽인 관광객 사이에선 '오아시스'로도 불리는 상가예 마을은 나무가 전혀 자라지 않는 협곡 경사면과 달리 초록으로 뒤덮여 있었다.

우리는 15킬로미터가량 떨어진 야우아르 마을로 향했다. 비록 비포장 도로이지만 넓고 완만했다. 주마간산(走馬看山), 마냥 한가로운 길. '이젠 발 디딜 곳을 내려다볼 필요 없이 그저 길을 걸으며 환상적인 협곡 풍경을 즐기기만 하면 되는구나!'

콜카 협곡 언덕 위 가옥들이 옹기종기 모여 있는 아유아르 마을에 닿았다. 여장을 푼 호스텔에서 강이 내려다보였다. 강변엔 온천도 있다고 했다. 강가로 내려갔더니 수영복 차림의 여행자들이 온천에 몸을 담그고 있었다.

천연온천에서 솟은 물을 파이프로 연결해 콘크리트 수조로 들이고, 다시 강으로 빠져나가게 한 구조였다. 수온은 40도가량, 화끈화끈한 발을 담그자 여독이 스르르 녹았다. 협곡이 둘러싼 풍경, 강물 소리 들으며 따뜻한 물에 몸을 담그고 있으려니 감탄사가 저절로 터져 나왔다.

"천국이 따로 없구나!"

저녁식사를 마친 후 호스텔에서 맥주를 사 들고 다시 온천으로 내려갔다. 따뜻한 물에 몸을 담근 채 보름달이 은가루를 뿌려놓은 듯한 협곡 풍경을 안주 삼아 들이켜는, 내 생에 가장 맛있는 맥주 맛이있다.

다음 날 우리는 아침부터 우아루로 강 곁의 협곡을 하염없이 거슬러 올랐다. 푸레 마을에 닿자 산장과 식당을 겸하는 가게가 있었다. 배낭을 맡기고 우아루로 폭포(3,400미터)로 향했다. 푸레 마을 옆에도 폭포가 있었는데 높이 500미터에 이르지만 이렇다 할 이름도 없는 폭포라고 했다.

산장에서 우아루로 폭포까지는 1시간이 더 걸렸다. 웅장한 물소리가 우리를 맞이했다. 육중한 암벽 사이로 물줄기가 쏟아져 내리는 장관이었지만, 접근 금지. 젠장! 장대한 폭포를 멀찍이 떨어져 감상해야 한다니, 너무 아쉬웠다.

배낭을 맡겨둔 산장으로 돌아와 점심을 먹고 다시 길 위에 섰다. 우리 앞에 두 갈래 길이 있었다. 왔던 길을 되짚어 야우아르 숙소로 돌아가는 방법과 우아루로 강가의 야티카 마을로 가는 방법. 주 선생은 왔던 길로 되돌아가는 게 편할 거라고 했다. 나는 가보지 않은 길을 가고 싶었다. 주 선생이 양보해 준 덕분에 야티카 마을로 방향을 잡았다.

곧 콜카 협곡 사이로 그늘이 졌다. 야티카 마을은 유령마을처럼 고즈넉했다. 다행히 트레커를 위한 숙소가 하나 있긴 했다. 헛간 같은 공간에 다 쓰러져가는 침대, 덮어둔 비닐 위에 먼지가 수북했다. 단 하나뿐인 숙소니 다른 방도가 없었다.

식량도 다 떨어진 터라 호스텔 주인에게 달걀과 비스킷을 샀다. 비스킷은 유통기한이 한참 지나 있었다. 진흙으로 만든 화덕, 재래식 아궁이, 곡물 가는 납작 돌과 둥근 돌이 있는 부엌을 빌려 달걀을 삶고, 커피를 끓였다. 마을이 너무 조용하다고 말했더니, 숙소 주인이 답했다.

"교통은 불편하고, 돈벌이는 없고, 아프면 죽어야 하고, 결혼할 이성도 없고…. 다들 떠나고, 늙은이와 글 모르는 젊은이 몇 명만이 마을에 남았다네."

아티카가 유령마을처럼 변하게 된 사연을 듣는데 남의 일 같지 않았다. 대한민국 곳곳에서 벌어지는 일이기도 했고, 한국의 인구

Arequipa

소멸 위험지역도 크게 다를 바 없는 사정이었기에….

가축들 울음소리밖에 들리지 않는 외딴 마을에서 밤을 보내고 아침 일찍 다시 길을 나섰다. 우아루로 강을 따라 협곡을 오르락내리락, 점심 나절에야 우리는 야우아르 마을에 닿았다.

콜카 협곡 위로 올라설 버스를 기다렸다. 한 시간쯤 지나 뽀얀 먼지를 일으키며 버스가 산모퉁이를 돌며 나타났다. 이제 콜카 협곡을 떠날 시간, 버스가 지구의 깊은 주름을 지그재그로 오르기 시작했다.

과학자들은 수학 공식으로 알아낸 지구 겉넓이를 알려준다. 그러나 인간이 지구 겉넓이를 정확하게 아는 건 불가능하다. 그것은 '앎'의 영역이 아니라 산, 언덕, 계곡, 협곡 등 지구의 주름을 직접 걷는 이들이 '체험'하는 영역이기에.

가장 거대한 지구를 경험하는 자는 도보 여행자다.

HUARAZ

페루
우아라스
PERU

안데스 산맥의 향기를 가진 여인이여

안데스산맥은 지구 남반구에서 가장 높고 거대한 산맥이다. 높이에선 히말라야에 못 미치지만, 길이로는 히말라야산맥의 3배 (7,200킬로미터)에 달한다. 남아메리카 대륙 북쪽 끝에서 남쪽 끝까지, 지구 둘레 6분의 1에 해당한다.

안데스(Andes)의 어원에 대해선 여러 가지 설이 있다. 가장 유력한 설은 '동쪽 방향'을 가리키는 케추아어 '안티(Anti)'에서 유래했다는 설이다. 잉카제국의 서쪽은 태평양과 접하고, 동쪽으로 가면 높고 험악한 산이 많았기에 동쪽을 뜻하는 '안티'가 높은 산을 가리키는 의미로 확장되었다고 추정한다.

안데스산맥에서 가장 대중적인 트레킹 코스로는 토레스델파이네, 피츠로이, 산타크루스 트레킹 코스가 있다. 토레스델파이네(Torres Del Paine) 코스는 '신들의 정원'을 걷는 듯한 기분에 휩싸이게 한다. 피츠로이(Fiz Roi) 코스는 '세상에서 가장 아름다운 봉우리'를 보며 걷는 것 자체가 큰 기쁨이다.

산타크루스(Santa Cruz) 코스는 '압도적 규모'가 여행자의 심장을 뒤흔든다. 안데스산맥에서도 으뜸으로 꼽히는 블랑카 산군, 우아스카란(해발 6,768미터)을 비롯해 6,000미터 이상의 봉우리만 15개가 군집한 산악지대다. 이 여정은 우아라스에서 시작된다.

페루 우아라스(Huaraz)로 가는 길은 멀었다. 통상 여행자들은 페루 수도 리마에서 해안선을 따라 북상하다가 동쪽으로 방향을 틀어 산악 도시인 우아라스로 향한다. 나는 해안도로 대신 안데스산맥 위를 타고 올라가는 길을 택했다. 쿠스코를 지나 아야쿠초, 우앙카요, 우아누코를 지나는 길. 외국인 여행자들은 이 경로를 지나기를 꺼린다. 최근까지 게릴라 반군이 활동했던 탓이다.

오랜 여행으로 살갗이 새까맣게 탄 데다 기워 입은 바지, 헤진 모자, 낡은 배낭, 털어봐야 나올 것도 없는 행색을 한 나는 현지인 사이에 파묻힌 채 해발 4,000미터 산악지대를 넘나들며 북상했다. 그렇게 흘러 흘러 닿은 우아라스.

우아라스에 도착 후 숙소를 잡은 뒤 여행사를 찾아 나섰다. 야영 장비만 대여해 주는 곳도 있었지만, 가이드 없이 홀로 험준한 산을 오가는 건 무리일 듯했다. 여행사 몇 곳을 방문한 후 가장 합리적 비용을 제시하는 여행사를 선택했다.

Huaraz

"아침 7시 픽업 차가 숙소 앞으로 갈 겁니다."

다음 날 등산용 스틱과 배낭을 챙겨 숙소 앞에서 기다리자 곧 카샤팜파(Cashapampa)로 향하는 투어 차량이 왔다.

산타크루스 트레킹은 우아스카란 국립공원 내 카샤팜파와 바케리아(Vaqueria), 두 지점 사이를 3박 4일에 걸쳐 걷는 코스다. 트레킹을 이끌 안내자는 여인이었다.

그을린 피부, 새까만 눈동자, 키는 작지만 당당한 표정의 케추아족 여인이 여행자들을 맞이했다. 이름은 마르가리타.

"하루 15킬로미터 정도 걸을 거야. 첫째, 둘째 날은 비교적 쉽고 셋째 날은 조금 힘들 거야. 자, 도시락이랑 물만 챙기고 나머지 짐은 여기 다 모아 줘!"

그녀의 안내에 따라 각자 가져온 배낭을 한곳에 내려놓았다. 짐꾼들이 당나귀 등에 배낭을 실었다. 다른 당나귀들 등엔 텐트, 침낭 등 여행사가 준비한 야영 장비가 실려 있었다.

산타크루스 트레킹 코스엔 정해진 숙소가 없다. 마부가 당나귀 등에 야영 장비를 싣고 가서 적당한 곳에 텐트를 치고 식사를 준비하면, 저물녘 도착한 트레커들이 먹고 자는 식이었다.

"마르가리타, 너는 얼마 만에 이 길을 가?"

"반대편에서 걸어와서 다시 되돌아가는 거야."

"쉬지도 않고 바로 떠나면 힘들지 않아?"

"아들의 학비를 대려면 돈을 벌어야 해."

"아들은 몇 살인데?"

"올해 중학교에 들어갔어."

"연이어 산행을 하면 힘들지 않아?"

"나는 산이 집처럼 편해서 피곤하진 않아."

파란 하늘. 뜨거운 햇살. 맑은 물 흐르는 계곡. 유(U)자형 계곡 사이 오르막을 하염없이 올랐다. 다들 숨소리가 거칠어졌다. 만년설로 덮인 산이 아직 보이진 않았지만, 자연의 품 깊숙이 들어왔다는 걸 알 수 있었다. 호숫가에 이르러 도시락을 꺼냈다. 샌드위치, 바나나, 초콜릿, 오렌지주스가 들어 있었다. 어느새 마부 출로와 호세가 우리를 따라잡았다. 출로가 앞서 가며 말했다.

"여기서 야영지까진 완만해. 텐트가 보이면 오늘 산행은 끝이야!"

우리는 각자의 속도로 완만한 산길을 즐겼다. 길을 잃을 염려는 없는 외길이라 다른 친구들보다 뒤처지더라도 크게 신경 쓰이지 않았다. 안데스의 호숫가와 오솔길에 핀 야생화에 마음을 완전히

　　　　　　　　　　　　　　　　　　Huaraz

뺏긴 나는 황혼 무렵에야 야영지에 닿았다.

해발 3,650미터, 물가에 텐트를 치고 공용으로 사용하는 인디언 쉘터에 모여 식사를 했다. 우리 일행, 그러니까 함께 트레킹에 나선 친구들 국적은 다양했다. 프랑스, 네덜란드, 독일, 스페인, 영국, 한국. 나 빼곤 모두 유럽인이었다.

한자리에 모였지만 서먹서먹 말수가 적었다. 이럴 때 분위기를 전환하는 방법을 나는 알고 있다. 단 한 가지 질문만 던지면 된다. '유럽에선 어느 나라 음식이 가장 맛있니?' 내 질문이 떨어지기 무섭게 설전이 벌어졌다.

"프랑스 음식이 가장 맛있어!"
"무슨 소리야, 스페인 음식이 제일 맛있어!"
"몰라서 그렇지, 정말 맛있는 게 영국 음식이야!"
"피시 앤 칩스가 맛있어 봐야 피시 앤 칩스지."
"피시 앤 칩스가 어디 음식 축에나 드니?"
"맥주 안 마시는 나라 있어! 그거 독일에서 만든 거야!"

귀가 아플 정도로 격론이 벌어지는 바람에 괜한 질문을 했다고 후회될 정도였다. 다들 술도 마시지 않았는데 벌겋게 달아오른 채 열을 올리는 모습이라니! 그 모습을 관람하노라면 저절로 웃음이 터질 정도였다. 유럽인들끼리 격렬한 말싸움이 벌어지는 것을 보며 나랑 같이 깔깔대던 마르가리타가 뭔가 생각났다는 듯 내게 말했다.

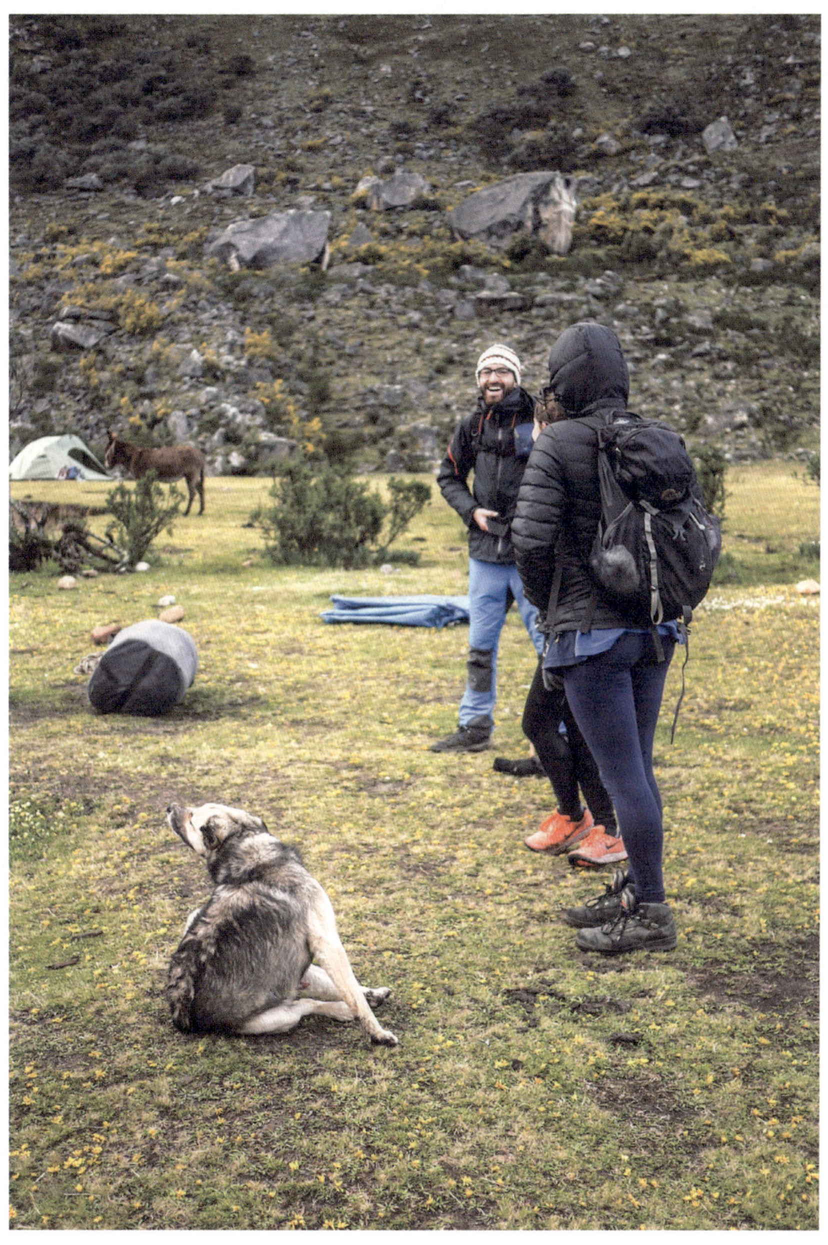

Huaraz

"나 한국 음식 먹어본 적이 있어."

"한국 음식, 어떤 거?"

"닭고기 수프 같은 거. 생닭이랑 마늘 넣고 오래 끓여."

"닭백숙이구나! 한국에 가본 적이 있니?"

"아니. 한국인 단체 여행객을 데리고 여행한 적 있어. 우리가 요리한 음식은 안 먹는다며 생닭, 쌀, 마늘, 양파, 소주를 잔뜩 갖고 왔어. 당나귀가 힘들어했어. 닥빽쑥(?) 만드는 법 가르쳐준 뒤, 매일 한국 요리만 해 먹었어."

"한국 사람은 다 그러니?" 옆에서 얘길 엿듣던 프랑스인 테오가 끼어들었다. 젠장. 이번엔 내 얼굴이 달아오를 차례였다. "나이 드신 분 중 외국 음식에 적응되지 않아서 그런 한국인이 좀 있긴 해"라고 얼버무렸다. 실은 안데스뿐 아니라 산티아고 순례길에서도 한국 여행자의 한국 음식 타령에 대해선 익히 보고 들은 바였다.

참, '유럽에서 어느 나라 음식이 가장 맛있느냐?'는 질문에 친구들이 내린 결론은 어느 나라였을까? 스페인 음식이었다. 이유를 묻자 돌아온 대답은,

"스페인은 해산물, 육류, 채소 등 음식 재료가 풍부하고 신선해서 맛있는 거 같아!"

다음 날 아침식사 후 다시 길을 나섰다. 출로, 호세가 텐트를 걷고 뒤따라오기로 했다. 그런데 우리 뒤를 따르는 이가 한 명 더 있

었다. 한 명 아니라 한 마리라고 해야겠구나. 트레커들을 따라다니는 들개라고 마르가리타가 알려주었다. 머릴 쓰다듬으면 좋아했고, 사라졌다가 느닷없이 나타나곤 했다. 나는 녀석과 도시락을 나눠 먹었다. 반려견도 늑대도 아닌 '경계선'에 있는 들개는 하툰코차 호수를 지난 후 완전히 자취를 감췄다.

점심식사 후 산행을 시작한 지 2시간쯤 지나자 갈림길이 나왔다. 마르가리타가 일행들을 멈추고 말했다.

"왼쪽으로 올라가면 알파마요(Alpamayo) 전망대, 직진하면 오늘의 야영지가 나와. 길 잃을 염려는 없으니 각자 가고 싶은 데로 갔다가 저녁 6시까지 야영지에 모이면 돼."

어떤 사람들은 미국 영화사 '파라마운트' 로고가 알파마요(해발 5,947미터)를 보고 그린 거라고 주장한다. 팩트는 아니다. 너무나 흡사한 모습 때문에 붙은 별칭일 뿐. 그러거나 말거나 알파마요 봉우리 실루엣이 멋진 건 부인할 수 없는 사실이다.

산타크루스 트레킹의 로고가 될 알파마요 사진을 찍으려는데 후두두 갑자기 빗방울이 떨어졌다. 아, 봄날의 꽃이 그렇고 청춘의 시간이 그렇듯 아름다운 것들은 느긋하게 즐길 여유를 주지 않는구나.

비가 긋자 일행들은 서둘러 야영지로 향했고, 나는 잎사귀 많은

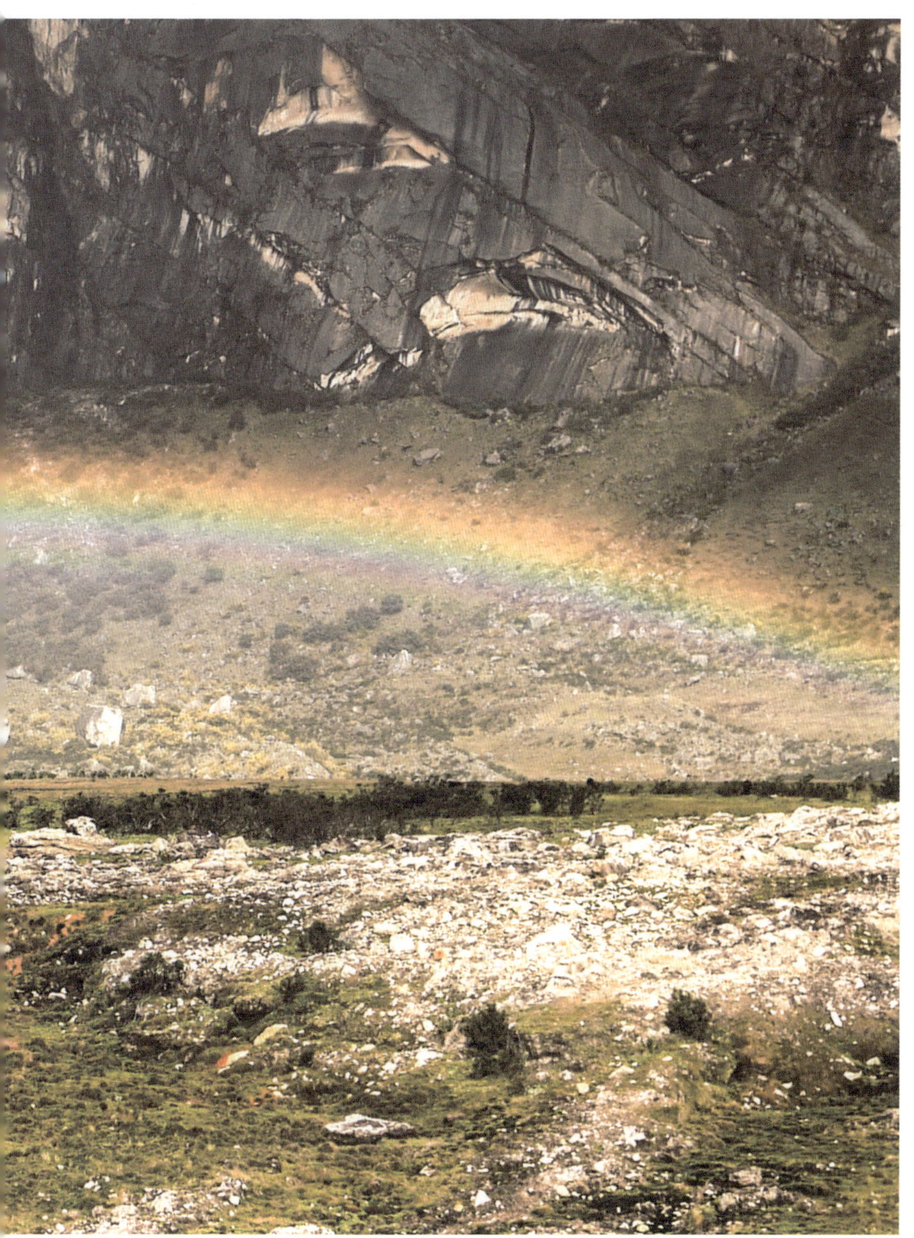

나무 아래서 비가 그치길 기다리며 오늘 지나온 길을 되돌아보았다. 부슬부슬 여우비 내리는 풍경 아래 에메랄드빛 호수의 윤슬이 환했다. 그 풍경만으로도 황홀한데, 야영지 방향으로 고개를 돌리자 뜻밖의 광경이 나를 맞이했다.

일곱 빛깔 무지개가 지상에 고스란히 드리워져 있었다. 그건 마치 알록달록한 띠로 이루어진 돔 같았다. 무지개 바로 아래가 오늘 묵을 야영지였다. 세상에! 무지개가 떠 있던 공간 아래서 잠들겠구나!

무지개 돔 아래 도착하고, 저녁식사를 시작한 지 얼마나 지났을까? 부슬부슬 내리던 빗줄기가 갑자기 굵어지기 시작했다. 식사를 먼서 마친 사람부터 서둘러 각자의 텐트로 돌아갔다. 나도 텐트로 돌아와 침낭 안에서 빗소리를 들었다.

얇은 텐트 천을 두드리는 물의 교향곡 사이 짐꾼들과 마르가리타가 얘길 나누며 깔깔깔 웃는 소리가 들렸다. 마르가리타의 웃음소린 금방 구분할 수 있었다. 까르르 깔깔, 마치 어린 아이 웃음소리 같았으니까.

나는 언젠가 읽었던 기사를 떠올렸다. 그 기사에 따르면 갓난아기는 하루 평균 300~400번을 웃는다고 한다. 나이가 들수록 웃는 횟수가 주는데, 한국 성인 여성은 평균 하루에 세 번 정도, 한국 성인 남성은 평균 열흘에 한 번 정도 웃음을 터트린다던가. 나는 마르가리타와 산사람들의 웃음소리를 들으며 도시에 사는 사람들을 떠올렸다. 더 많은 것을 가졌지만 더 적은 웃음을 가진 사람들을.

비 그친 상쾌한 아침, 다시 길을 떠났다.

해발고도가 올라가자 네덜란드 출신 안나가 고산병 증세를 보이는가 싶더니 울음을 터트렸다. 일단 나의 등산용 스틱을 그녀에게 빌려주었다. 맨 마지막으로 도착했지만 안나도 간신히 푼타유니온 패스(해발 4,750미터)에 도착했다.

만년설로 뒤덮인 산, 360도 파노라마로 펼쳐지는 풍경. 설산이 녹아서 생긴 에메랄드빛 호수, 무엇보다 압도적 풍광 앞에서 다들 입을 다물지 못했고, 그래서 커플은 키스를 나누기도 했다.

이번 코스 최정상을 지났으니 이제 내리막이다. 천 미터 이상 고도를 내려온 후 도착한 마지막 야영지엔 목도리, 팔찌, 그리고 맥주를 파는 아낙들이 우리를 기다리고 있었다. 드디어 알코올을 동반한 쫑파티가 시작되었다. 산행을 시작한 이래 첫 음주였다. 파티가 끝날 무렵 우리는 그동안 고생한 마르가리타와 호세와 출로에게 전해줄 팁을 모으기로 의견을 모았다. 그때 네덜란드인 루카스가 물었다.

"근데 각자 얼마씩 내지?"

그 질문에 다들 복잡한 표정이 되었다. 금액을 얼마로 정하든 모두 동의하기란 쉽지 않을 것이다. 어떤 이는 적다고 여길 테고, 어떤 이는 많다고 여길 것이다. 나는 텐트 내부의 폴대에 천주머니 하나를 매달며 일행들에게 물었다.

"내일 아침까지 각자 여유대로 이 주머니에 넣어두는 게 어때?"

다들 한시름 놓은 듯 흔쾌히 동의했다. 나부터 먼저 천주머니에 약간의 돈을 넣은 후 빠져나왔다. 밤하늘을 올려다보았다. 남아메리카 대륙의 등뼈 같은 안데스산맥 위로 은하수가 지나고 있었다.

다음 날 차도와 잇닿는 바케리아 마을까지 내려가자 여행사에서 보낸 차량이 기다리고 있었다. 우리는 도시로 떠나고, 마르가리타만 산에 남을 것이다. 그녀는 오늘 도착한 다른 트레커들을 데리고 왔던 길을 되돌아간다고 했다.

이제 작별의 시간, 마르가리타와 포옹을 나눴다. 그녀의 품에선 안데스산맥의 냄새가 났다. 그건 마치 하얀 설산, 푸른 호수, 초록의 숲, 맑은 시냇물, 노란 야생화 위에 무지개를 배합해서 만든 향수 같았다. 차창 밖에서 마르가리타가 손을 흔들었다.

안데스, 어머니 산맥이여,
너의 돌로 된 품 안에서
생명이 그 상처를 노래하고,
인간이 그의 별을 간직한다.

– 파블로 네루다

Huaraz

ASUNCION

파라과이
아순시온
PARAGUAI

"쩔어가 무슨 뜻이죠?" 지구 반대편의 BTS 팬이 물었다

"쩔어가 무슨 뜻인지 아세요?"

파라과이에 도착한 지 사흘쯤. 수도 아순시온의 카페에서 커피를 마시는데, 젊은 여성이 다가와 나의 국적을 묻고, 한국인이라고 대답하니 물었던 질문이다.

한국 아이돌 그룹 비티에스가 부른 노래 제목이라는데, 한국 떠난 지 오래였던 나는 어리둥절하기만 했다. "비티에스?" 고개를 갸우뚱하자 그녀가 "음….." 하고 머뭇거리다가 표정이 환해지며 다시 입을 열었다. "방탄….." 그제야 나도 알아채곤 동시에 소리쳤다. "아, 방탄소년단!"

동남아시아를 여행하던 시절 슈퍼주니어, 소녀시대, 2NE1, 엑소 팬을 만나고 빅뱅의 〈판타스틱 베이비〉가 거리에서 울려 퍼지던 광경을 목격하곤 했지만, 지구 반대편에서 한국 아이돌 그룹의 이름을 듣게 될 줄은 몰랐다. 주먹 불끈 쥐고 말 타는 시늉을 하며 "강남스타일~~!"을 외치는 아메리칸을 만난 게 전부였으니까.

파라과이 국영 통신사 직원이라는 이네스는 주말이면 K드라마를 보는 게 낙이라고 했다. 〈시크릿 가든〉, 〈천국의 계단〉, 〈대장금〉 등 드라마에 이어 K팝에 빠져들면서 한국어를 배우는 중이라나.

"파라과이엔 여행하러 왔나요?"

그렇다고 대답하고, 나는 파라과이 여행에서의 애로사항을 그녀에게 털어놓았다. "파라과이에선 많은 숙소가 온라인 예약이 되지 않고, 무엇보다 여행 정보가 너무 부족해서 어디를 어떻게 다녀야 할지 막막해요."

파라과이는 남아메리카 대륙에 온 여행자들이 가장 덜 찾는 나라다. 남아메리카 나라들을 다룬 여행안내서에도 파라과이는 누락되기 일쑤였다. 볼리비아처럼 우유니 소금사막이 있는 것도 아니고, 페루처럼 마추픽추 유적이 있는 것도 아니고, 부에노스아이레스나 리우데자네이루 같은 대도시가 있는 것도 아니었으니까.

"파라과이 정부에서 운영하는 관광사이트가 있긴 한데, 일단 이번 주말엔 엠보스카다로 가세요."
"그곳에서 특별한 행사가 있나요?"
"아프리카계 파라과이인이 벌이는 축제를 보게 될 거예요."
"파라과이 원주민이 아니라, 아프리칸이라고요?"
"파라과이가 스페인 식민지였넌 시절, 그들이 노예로 데려왔던 아프리카인 후손들이 있어요. 스페인 정복자들은 파라과이 광산과 농장에서 일을 시키려고 아프리카에서 노예를 데려왔죠. 18세기엔 파라과이 인구의 10%가 넘을 정도였어요. 그들 대부분이 엠보스카다에 정착했답니다."

파라과이인 이네스의 추천으로 주말에 어디로 갈지 방향이 정해졌다. 추천에 따를 거라고 했더니, 그녀도 주말 여행차 엠보스카다로 오겠다고 했다. 연락처를 주고받았다. 헤어지며 인사를 하려는데 그녀가 깜빡했다는 듯 다시 물었다.

"근데 '쩔어'가 무슨 뜻이죠?"

숙소로 돌아오자마자 나는 방탄소년단의 뮤직비디오를 찾아봤다. 〈쩔어〉. 영어 곡명인 도프(DOPE)는 '환각제'를 뜻하는 은어이자 '멋짐'의 최상급으로 사용되는 단어이기도 했다. '쩔어'의 복합적인 뉘앙스를 스페인어로 어떻게 설명하지? 연습하는 동안 땀에 '쩔어' 몰아지경에 이를 때, 자신의 일에 몰두하는 스스로가 멋져서 외치는, 쩔어! 장기투숙객인 마리오가 옆에서 내 노트북 화면을 힐끗 보더니 말했다.

"비티에스잖아!"
"비티에스를 아니?"
"칠레서도 아주 유명해! 쩌, 쩌, 쩔어!"

칠레 출신 여행자랑 스페인어로 얘길 나누다가 갑자기 듣게 된 한국어 "쩔어!"에 기분이 참 묘했다, 이거 참 쩌는군!

엠보스카다에서 열리는 축제는 주말부터 시작이지만 금요일 저녁 퍼레이드가 있다고 했다. "아순시온에서 시내버스를 타고 엠보스카다에서 내리세요. 시장 앞으로 가면 미나스행 버스가 올 거예요. 그걸 타고 산프란시스코 솔라노 성당에서 내리면 돼요."

이네스가 알려준 대로 버스를 갈아타며 미나스에 도착했다. 대로를 벗어나면 붉은 황톳길이 이어지는 외진 시골이었다. 이런 동네에서 잠자리는 어떻게 마련한담? 길거리 식당 종업원에게 물었디니 근교 숙소를 일려줬다.

너른 잔디 마당이 있는 숙소, 나는 배낭을 던져놓고 얼른 나왔다. 황혼으로 물드는 마을, 큰길로 나서자 프란시스코 솔라노 성인 조각상을 앞세우고 북을 치는 행렬이 다가왔다.

프란시스코 솔라노(Francisco Solano)는 스페인에서 온 수도사다. 그가 남아메리카로 온 건 1589년이었다. 그가 탔던 선박이 해안가에 좌초됐는데, 선원과 승객들은 급히 작은 보트로 옮겨 타고 탈출했다. 그러나 그는 배를 떠날 수 없었다. 노 젓는 노예들이 묶여 있었기 때문이다. 그는 그들 곁에 남아 기도하며 폭풍우를 견뎠다.

큰 파도가 가라앉은 후에야 선원들이 수도사를 찾으러 왔다.

Asuncion

사흘이 지난 후였다. 기도 덕분이었을까, 그도 노예들도 무사했다. 어학과 음악에 조예가 깊었던 그는 파라과이에서 지내며 다양한 원주민 언어를 익혔고, 살아생전 원주민을 위해 악기를 연주하곤 했다, 영화 〈미션〉의 신부 가브리엘(제레미 아이언스)처럼. 그가 임종한 후 바티칸은 그를 성인으로 시성했다.

가톨릭 신부를 앞세운 엠보스카다의 사람들은 프란시스코 솔라노 성인의 상징물을 성당에 안치하면서 퍼레이드를 마쳤다. 퍼레이드 참가자들은 어른부터 아이까지 다들 가면을 썼는데, 무엇보다 복장이 무척 이색적이었다. 머리부터 발끝까지 깃털로 뒤덮인

버드맨(Birdman) 같았으니까.

강렬한 음악과 어우러진 독특한 의상의 퍼레이드는 지금껏 내가
경험하지 못한 시각적 충격을 안겼다. 기괴하면서도 아름답구나!

주민들이 내일 시작될 축제를 위해 거리에 리본을 달고 풍선을
매다는 사이 해가 저물었다. 늦은 밤까지 주민들은 공터에 대형 천
막을 치고, 놀이기구를 설치하며 행사를 준비했다.

날이 밝은 후 이네스로부터 연락이 왔다. 버스정류장에서 만나

함께 성당으로 갔다. 깃털 옷을 입은 아이들이 야외에 놓인 성당 의자에 조르르 앉아 미사에 참석했다.

종교 행사가 끝나기 무섭게 아이들은 놀이기구를 타러 갔고, 어른들은 식당에 앉아 음식과 술을 들이켰다. 이네스와 나도 숯불구이와 음료를 주문하고 테이블에 앉았다. 두 번째 만남이라 우리는 말을 놓기로 했다. 나는 한국어 '쩔어'의 복합적인 의미를 간신히 설명한 후 이네스에게 물었다.

"비티에스를 좋아하는 이유가 뭐니?"

이네스가 진지한 표정으로 대답했다.

"한국 아이돌 그룹 멤버들이 저마다 잘생기고 춤 잘 추는 건 비슷비슷하지만, 비티에스는 정말 특별해! 데뷔 때부터 나온 앨범을 차례대로 듣다 보니 그들의 진정성, 솔직함에 매료됐어. 아, 이 친구들은 만들어진 노래를 부르는 아이돌이 아니라, 자기 삶을 노래로 만드는 예술가구나! 그래서 노래의 내용이 궁금해져서 한국어도 배우고, 각 단어의 의미가 무엇인지도 찾게 되었지. 가령 비티에스의 〈마 시티(Ma City)〉에 나오는 5·18처럼."

"너 518이 무엇을 뜻하는지도 아니?"

내가 깜짝 놀라며 묻자 이네스가 대답했다.

"여기 프란시스코 성당을 지나 골목 안으로 더 들어가면 교도소가 있어. 과거 독재자들이 정치범을 가뒀던 곳이야. 파라과이도 군인들이 통치하던 시절이 있었어. 1954년 쿠데타로 정권을 차지한 군인들이 1989년까지 무려 35년간 무력 통치를 했지. 계엄령을 내려서 집회와 시위를 금지했고, 재판 없이 누구든 체포하고 구금했어. 독재자가 축출될 때까지 계엄령이 이어졌지. 그사이 수많은 시민이 죽었어. 우리들 역시 그런 경험이 있기에 나는 한국의 5·18을 금세 이해했고 가슴 아팠어."

축제가 끝나고 헤어지기 전 이네스는 나의 다음 여행지를 추천해 주었다. 산이그나시오(San Ignicio)에서 파라과이식 투우 축제를 볼 수 있을 거라고 했다. 며칠 후 축제일에 맞춰 그곳으로 갔다. 나를 제외하면 외국인 관광객을 찾아볼 길 없는 마을이었다. 경상북도 청도에서 열리는 소 싸움에 홀로 찾아가는 외국인 같은 기분이었다.

숙소엔 투우 축제를 보러 온 파라과이 사람들로 가득했다. 숙소 주인도 낯선 동양인의 방문이 의아한 듯 고개를 갸웃거렸다. 방안에 배낭을 내려놓고 물었다.

"투우(鬪牛) 경기장이 어디죠?"
"북소리가 들리는 방향으로 가면 됩니다."

둥둥 울리는 소리를 향했다. 나무토막으로 만든 회전목마, 쇠파이프로 만든 대관람차 등 조악하고 투박한 놀이기구들 사이로 투우 경기장이 보였다. 해가 저물고 행사가 시작되었다.

아버지 등에 올라타 투우를 관람하는 아이들은 눈을 반짝였고, 어른들은 경기를 보며 웃음을 터트렸다. 스페인 투우와 달리 파라과이식 투우는 소와 싸우기가 아니라 소와 묘기를 부리는 기예에 가까웠다. 망토를 흔들어 소를 자극하는 건 같지만, 성난 소가 달려들면 얼른 점프해서 소 등에 올라타는 식. 터지는 함성과 우레 같은 박수. 마치 헐크 호건이 주름잡던 시절의 레슬링쇼를 보는 기분이었다.

그 후로도 내가 다른 도시로 이동할 때면 이네스는 파라과이 각지에서 열리는 축제와 명소를 미리 알려주었다. 마치 한국을 여행하는 외국인 여행자에게 구례 산수유 축제, 광양 매화 축제, 진해 벚꽃 축제…, 제 각각 다른 봄꽃 피는 시기에 맞춰 축제 일정을 알려주듯이.

이네스 덕분에 나는 파라과이의 문화와 역사에 대해 더 깊이 알 수 있었다. 만약 BTS가 없었더라면, BTS의 나라에서 왔다는 이유로 아낌없이 도움을 주던 이네스가 없었더라면 나의 파라과이 여행은 어떻게 되었을까?

BTS는 일찍이 부산, 일산, 광주, 대구 등 지방 출신임을 사투리 랩으로 숨김없이 드러낸 아이돌 그룹이었다. 그리고 중소 엔터테인먼트사 소속 아이돌이라는 열세를 극복했고, 아시아 뮤지션이란 한계를 넘어서 세계의 정상에 우뚝 섰다.

지방 출신이라는 울타리, 중소업체 소속이라는 울타리, 한국이라는 비영어권 국가의 울타리를 넘어, 변방에서 중심으로 날아오른 청년들.

그들의 소식을 들을 때마다 남아메리카에서 만났던 MZ세대, BTS를 마치 자신의 형제처럼 여기던 이네스의 얼굴이 떠오르곤 했다.

Cos ah ah I'm in the stars tonight

아, 오늘 밤 난 별들 속에 있어

So watch me bring the fire and set the night alight

내가 불을 붙여 밤을 밝히는 걸 지켜봐

Shining through the city with a little funk and soul

약간의 펑크와 소울로 도시를 빛내며

So I'm a light it up like dynamite

그렇게 난 다이너마이트처럼 빛을 밝힐 거야

Dynnnnnanana life is dynamite

다나나나나나나나 삶은 다이너마이트

Dynnnnnanana life is dynamite

다나나나나나나나 삶은 다이너마이트

- BTS의 〈Dynamite〉 중에서

CUENCA

에콰도르
쿠엥카
EQUADOR

유목민의 시대, 연금생활자들의 낙원

미래학자 자크 아탈리는 인류사를 유목민의 시각으로 서술한 〈호모 노마드(Homo Nomad)〉에서 인류를 크게 세 부류로 구분했다.

정착민(농민, 의사, 교사, 공무원, 은퇴자 등)
비자발적 노마드(이주노동자, 난민, 망명객 등)
자발적 노마드(창작자, 운동선수, 여행가 등)

그는 21세기 인류 문화의 패러다임이 정착에서 유목으로 전환되리라고 예견했다. 이미 21세기의 4분의 1이 지났다. 그동안 인류 삶에는 어떤 변화가 있었을까? 자크 아탈리의 예측대로 '정착민'에서 '자발적 노마드'로 대거 옮겨간 '특정 집단'이 등장했다. 20세기까진 정착민으로 분류되던 '은퇴한 연금생활자'들이다.

'은퇴 후 살기 좋은 국가' 순위를 발표하는 웹사이트가 있다. 〈인터내셔널 리빙(International Living)〉. 그동안 어떤 국가가 상위권을 차지했을까? 의외로 상위권에 중남미 국가가 많다. 그런데 중미에 해당하는 파나마, 코스타리카 정도라면 이해할 수 있지만, 남아메리카의 에콰도르와 콜롬비아까지 포함된다면 다소 의아할지도 모르겠다.

남아메리카에 대한 한국인의 고정관념(불안한 치안, 정치적 혼란, 부족한 인프라)과 달리 에콰도르는 2015년 은퇴 후 살기 좋은 국가 1위에까지 올랐고, 현재까지 상위권을 고수 중이다.

에콰도르(Ecuador)는 스페인어로 적도(赤道)를 뜻한다. 이름만 들어도 이글거리는 태양이 떠오른다. 그래서 엄청나게 무더울 거라고 짐작되지만, 에콰도르 도시 중 '은퇴 후 가장 살기 좋은 도시'로 꼽히는 쿠엥카의 경우 가장 무더운 3월 기온이 10~17도, 가장 추운 7월 기온이 7~12도, 일년 내내 선선한 날씨가 펼쳐진다. 해발고도 2,500미터에 자리한 도시이기 때문이다.

쿠엥카에 관해 한국인에게 알려진 바는 거의 없다.

인터넷으로 검색해도 쿠엥카를 소개한 여행 칼럼이나 기사를 찾기란 쉽지 않다. 나 역시 에콰도르 수도 키토(Quito), 경제중심지 과야킬(Guayaquil) 정도만 알았지, 쿠엥카(Cuenca)란 도시가 있는지 몰랐다. 단지 안데스산맥을 따라 북상하던 중 최대한 빨리 에콰도르를 지나 목적지인 콜롬비아로 갈 마음뿐이었다.

　　　　　　　　　　　　　　　　Cuenca

그런 까닭은 키토의 우범지대에서 겪었던 불미스러운 사건(궁금한 독자는 <남미 히피 로드>를 참고하길 바란다. 나의 개인적 경험이 에콰도르나 키토에 대한 선입견을 심을 수 있다는 염려로 여기선 다루지 않는다.) 때문이다.

두 번째 방문이었고, 에콰도르에서 오래 머물 생각이 없었다. 이번엔 아내까지 동행했던 터라 안전한 루트만을 생각했다. 하여 페루에서 콜롬비아로 넘어가기 전 경유지로 선택한 도시가 쿠엥카다.

쿠엥카에 도착한 건 햇살이 서쪽으로 기울던 오후였다. 버스터미널을 빠져나오자마자 택시를 잡고 즉시 예약한 숙소로 향했다. 방 안에 배낭을 내려놓고서야 안심이 되었다. 외상후 스트레스 상애라는 게 정말 무서운 거구나! 방 안의 미니 금고에 귀중품을 넣고서야 거리로 나섰다. 산책하는 동안에도 긴장을 늦추지 않았다.

그런데 빛나는 성당 돔이 긋는 스카이라인, 평화로운 공원, 조약돌 깔린 골목, 꽃들로 가득한 시장, 한 시간쯤 지나자 긴장이 저절로 풀렸다. 전혀 기대하지 않았는데 도시가 너무 아름다웠다. 마치 유럽의 고풍스러운 소도시를 걷는 기분이었다.

격자형 소도시라 길을 찾기도 쉬웠다. 심지어 유럽, 중동, 인도, 중국, 태국, 멕시코 등 다양한 나라의 음식을 맛볼 수 있는 레스토랑들까지! 저렴한 비용으로 맛있는 식사까지 하니 에콰도르에 대한 나쁜 기억도 녹아내렸다.

숙소로 돌아와서야 알게 되었다. 우리가 거닐던 동네가 유네스코 세계문화유산이란 걸! 인터넷으로 쿠엥카 관련 정보를 검색하던 아내가 물었다.

"우리 여기서 좀 더 머물면 어떨까?"

나도 같은 생각이었다. 다음 날 우리는 여유를 갖고 산책에 나섰다. 광장을 지나 대성당으로 갔다. 바티칸의 성베드로 성당에서 영감을 받아서 지은 쿠엥카 대성당(Catedral de la Inmaculada Concepción)이었다. 1885년부터 완공까지 90년가량 걸렸고, 9,000명의 참배객을

수용할 수 있다고 했다.

나는 성당으로 들어가 십자가 아래서 정성스레 기도했다. 에콰도르 키토에서 얻은 트라우마가 나를 냉담자에서 독실한 신자로 만들어주었다.

하늘에 계신 우리 아버지
(…)
유혹에 빠지지 않게 하시고
악에서 구하소서, 아멘!

주기도문을 암송하고 성당을 빠져나왔다. 칼데론 공원 건너편엔 또 다른 성당이 있었다. 현재의 대성당이 세워지기 전까지 대성당 역할을 했던 사그라리오 성당(Iglesia del Sagrario)이다. 인류사에서 차지하는 중요한 역할로 보면 20세기에 완공된 대성당보다 더 의미 있는 장소다.

18세기였다. 유럽의 과학자들은 동그란 지구가 남북으로 더 긴지, 동서로 더 긴지 다투곤 했다. 프랑스 과학아카데미가 이 논쟁을 끝내기 위해 원정대를 보냈다. 한 팀은 북극과 남극 사이의 길이를 재는 임무, 한 팀은 적도 둘레의 길이를 재는 임무를 맡았다.

적도 둘레를 재기 위한 원정대가 키토에 도착했다. 그들은 키토와 쿠엥카를 오가며 지구가 남북 길이보다 동서, 적도 둘레가 더 길다는 것을 밝혀냈다. 적도 길이를 재기 위한 기준으로 삼았던 지점에 탑을 세웠다. 사그라리오 성당의 기원이다. 묵은 논쟁은 해결되었고 그와 더불어 '미터의 정의'가 내려졌다. 북극에서 적도까지 자오선 길이의 1,000만 분의 1로 정한다.

칼데론 공원 앞 레스토랑에서 식사하며 아내가 물었다.

"점심 먹고 나선 어딜 가볼까?"
"쿠엥카 시티투어버스를 한번 타볼까?"

나는 대성당 앞을 지나가던 빨간 버스를 떠올렸다. 남아메리카 여행 중 관광용 시티투어버스를 탄 적은 없었다. 낯선 도시에 도착하면 하루 평균 10킬로미터를 걸었고, 현지인이 이용하는 버스나 지하철을 탔다. 그 도시(사람, 길, 건물 등)와의 접점을 최대한 늘리는 것이 나의 여행 방식이었다. 그러나 시티투어버스로 쿠엥카 도시 전체를 먼저 둘러보는 것도 좋을 듯했다.

시티투어버스 2층으로 올라갔다. 맨 뒷좌석에서 한 칸 앞에 앉았다. 스피커에선 쿠엥카의 명소들을 설명하는 기계적 음성이 영어와 스페인어로 흘러나왔다.

"저기 타이 식당 음식이 아주 맛있어!"

"저곳에선 주말에 벼룩시장이 열려. 싸고 멋진 수공예품도 살 수 있지!"

뒷자리에 앉은 노년 부부가 한 장소에 대한 스피커 방송이 끝날 때마다 안내방송에서 언급되지 않은 내용을 귀띔해 주었다. 이어지는 그들의 추천사를 듣다가 궁금해졌다. 이 노인들은 대체 몇 번째 이 버스를 이용하는 것일까?

쿠엥카 명소들을 지나 시티투어버스가 산중턱의 미라도르 데 투리(Mirador de Turi)에 닿았다. 도시 전체를 조망할 수 있는 장소였다. 쿠엥카는 해발 3,000~4,000미터 안데스의 산들로 둘러싸인 도시다.

일찍이 쿠엥카에 살던 카냐리족은 자신들의 터전을 '과폰델레그'라고 불렀다. '하늘만큼 큰 땅'을 의미했다. 잉카제국이 이곳을 지배한 후론 '토메밤바'로 불렀다. 산 능선으로 둘러싸인 땅, 즉 '분지'를 가리키는 케추아어였다. 현재 이름으로 불리게 된 건 스페인 침략자가 도착한 후의 일이다. 당시 페루 총독의 고향이 스페인의 쿠엥카였기 때문이었다나!

쿠엥카 전경이 내려다뵈는 식당을 찾았다. 전망 좋은 테라스에 자리를 잡고 맥주를 주문했다. 그때 마침 버스 뒷좌석에 앉아 있던 노인들이 식당으로 들어왔다. 손 흔들어 인사를 나누고 합석했다. 브루노와 제시카는 미국인으로 은퇴한 연금생활자라고 했다.

"난 시카고에서 교사였어. 이 도시로 온 건 3년 전이야. 매달 한 번은 시티투어버스를 타. 도시의 변화를 둘러보지. 이층 버스는 햇살을 누리기에도 좋아! 전망대에서 일몰을 감상하기에도 아주 좋지!"

"은퇴 후 에콰도르를 선택한 이유가 뭐죠?"

"쿠엥카를 택했다고 해야겠지. 수도인 키토와 과야킬도 가봤는데 대도시는 다 비슷해. 치안이 불안하지. 소도시나 작은 마을은 달라. 순박하고 안전하지."

"맞아요. 대도시와 소도시의 격차가 크더군요."

"이곳으로 이주한 외국인이 늘면서 치안이 더 좋아졌어."

"쿠엥카의 가장 큰 장점은 뭐죠?"

"미국에서 살 땐 여름 냉방비랑 겨울 난방비가 많이 들었어. 여긴 일년 내내 봄가을 날씨라 냉난방비를 절약할 수 있지. 미국에서 쓰던 생활비 반만으로도 지낼 수 있어. 게다가 에콰도르는 미국 달러를 공용화폐로 사용하고, 예금 이자도 높지."

"장점이 많군요!"

"무엇보다 운전을 안 해도 되니 좋아! 미국에선 뭐 하나 사려고 해도 마트까지 10킬로미터를 운전해야 했지! 여긴 대중교통수단도 편하고 동네 가게든 청과시장이든 공원이든 전부 걸어서 오갈 거리에 있으니까."

평생 살던 고국을 떠나 쿠엥카로 이주해 온 외국인 중 대부분은 전문직 출신 은퇴자다. 그들 중 85퍼센트가 미국인, 다음이 캐나다인, 나머지가 유럽인이라고 했다. 이 도시의 단점이 뭐냐는 질문엔 두 사람이 웃음을 터트리며 동시에 대답했다.

"한밤의 소음!"

브루노와 제시카는 대도시 근처 베드타운에서 살았는데 무척 조용한 동네였다고 했다. 그에 비해 쿠엥카에선 옆집에서 들리는 풍악 소리에 잠 못 들 때가 종종 있다고 투정했다. 그러나 불면의 밤을 불평하면서도 웃음을 터트리는 걸 보니 싫은 눈치는 아니었다.

Luminarias
Bar RESTAURANT

Equador

"가족이나 친구들과 떨어져서 관계가 소원해지진 않나요?"

"아들이 분가한 지는 이미 오래야. 미국에서도 일 년에 한두 번 봤는걸. 이제 이곳으로 휴가를 와. 그리고 친구랑 멀어지지도 않아. SNS로 오늘 친구가 뭐 먹고 누구 만났는지도 알 수 있는 세상이잖아! 요즘 스페인어 무료 강습소를 다니는데 조만간 스페인에서도 살아볼까 해!"

세계적으로 연금제도를 시행하는 국가가 점점 늘어나면서 은퇴 후 국외에서 생활하는 사람들도 점점 늘고 있다. 이들은 '더 적은 비용'으로 '더 윤택한 삶'을 누릴 수 있는 국가나 도시를 찾아서 이동한다. 고국을 떠나서 국외에서 거주하는 데 따르는 '장벽'도 급속도로 줄어드는 추세다.

인터넷만 연결되면 어디에 있든 가족이나 친구와 즉각 연락이 가능한 SNS의 발달, 이주의 가장 큰 걸림돌이었던 언어소통 문제도 통역 앱과 각국에서 제공하는 현지어 습득 프로그램 등으로 사라지고 있다.

만국의 연금생활자들이 국경을 지우고 있다.

Cuenca

콜롬비아
살렌토
SALENTO

COLOMBIA

콜롬비아 커피마을에서 에스프레소 한잔을!

유네스코 세계문화유산으로 꼽히는 '커피 존'이자 콜롬비아의 '커피 트라이앵글'에 속하는 살렌토엔 두 차례 찾아갔다.

첫 방문은 에콰도르에서 칼 든 강도단에게 신용카드, 달러, 카메라 등을 털린 후, 도망치듯 깃든 암바토 숙소 옥상에서 유랑 서커스단을 우연히 만나 함께 여행하던 무렵이었다. (자세한 사정은 <남미 히피 로드>에 담겨 있다.)

나까지 합류하면서 국제서커스단으로 승격(?)한 우리 일행은 처음엔 마리, 존, 나노를 포함해 6명이었지만 콜롬비아 국경 인근에서 하나둘 헤어지면서 칠레 출신 케뇨, 아르헨티나 출신 파블로, 그리고 나, 그렇게 세 사람으로 줄었다. 우리 세 사람은 콜롬비아 중부도시 아르메니아에 도착 후 살렌토로 가는 버스로 갈아탔다.

콜롬비아가 '최상급 커피'를 뜻하는 스페인어 형용사 '수프리모'

를 널리 알린 나라이자, 남아메리카판 스타벅스인 '후안 발데스
(Juan Valdez)'의 본고장이란 건 알고 있었다. 그러나 커피를 마시자고
살렌토로 향했던 건 아니다. 처음 그곳에 갈 땐 마을 외곽 농장에
서 열릴 서커스 학교에 관한 관심뿐이었다.

드높은 안데스 산악지대를 갈지자로 오르던 버스가 해발 1,900
미터에 이르러 멈췄다. 키 높은 야자수가 바람에 흔들리는 아름다
운 광장, 우리는 살렌토의 성당 인근 카페에서 커피 한잔씩 마시고
곧 마을 중심을 벗어났다. 비포장 오솔길을 스쳐 지나는 동안 경사
진 비탈길을 따라 농장들이 이어졌다. 나무마다 매달린 불그스름
한 열매를 보며 케뇨가 말했다.

"커피나무다!"
"커피농장이구나! 어쩐지 커피 맛이 아주 신선하더라!"

파블로가 눈을 반짝였다. 나 역시 조금 전 마신 커피가 근래 마신
커피 중 가장 맛있었다고 여기던 참이었다. 커피농장들을 지나 임
시 서커스 학교가 열리는 농장에 도착했다. 우리는 잔디밭에 텐트
를 쳤다. 농장에서 지내며 전문 서커스 단원들로부터 서커스 기예
를 배우고 익혔다. 케뇨는 아크로바틱 체조를, 파블로는 마술을, 나
는 저글링을!

나흘 후 서커스 학교를 떠날 땐 일행이 다시 네 명으로 늘어났다.
농장에서 지내는 동안 케뇨에게 콜롬비아 출신의 새로운 애인이

생겼기 때문이다. 우리는 비포장도로에서 히치하이킹으로 바나나 농장 트럭을 얻어 탔다. 짐칸에 우리를 실은 트럭은 살렌토 도심을 거치지 않은 채 덜컹덜컹 산길을 휘돌아 아르메니아 농산물 시장 앞에 우리를 내려주었다.

그 후로 1년 사이 나도 모르게 콜롬비아 살렌토에서 마셨던 커피 맛이 떠오르곤 했다. 부드럽고 달콤하면서도 쌉쌀한 커피 맛의 조화가 불러일으키던 감흥이 그리웠다. 살렌토에 다시 찾아가 보기로 했다. 이번엔 오직 커피 맛을 보기 위해!

이번엔 동행인이 국제서커스단 친구들에서 아내로 바뀌었다. 인도차이나반도든 남아메리카든 나 홀로 먼저 답사(?) 후, 다시 만나고 싶은 친구가 머무는 곳이나 다시 찾고픈 명소로 아내를 데려가곤 했다. 살렌토도 그런 곳이었다. 콜롬비아 국경을 넘으며 아내가 물었다.

"콜롬비아 살렌토는 어떤 마을이야?"
"알록달록 페인트칠을 한 집, 키 큰 야자수가 그늘을 내린 광장, 골목마다 이어지는 여행자 숙소와 예쁜 카페들. 볼리비아 여행자 마을 '사마이파타'나 에콰도르 여행자 마을 '빌카밤바' 같은 곳이라고 생각하면 될 거야. 무엇보다 커피가 맛있는 곳이었어!"

읍내 인구 3,000명 정도의 작은 마을, 살렌토까지 가려면 국경에서 몇 차례 버스를 갈아타야 했다. 그러나 이미 경험했던 경로라서 익숙했다. 국경 도시 이피알레스에서 파스토로, 다시 칼리를 지나 아르메니아로 이동, 시외터미널에서 살렌토행 완행버스로 갈아타면 된다.

막차에 올라탄 터라 해 저물 무렵에야 살렌토에 닿았다. 아내와 나는 볼리바르 광장 벤치에 앉아 황혼에 물드는 살렌토를 감상했다. 키 큰 야자수가 바람에 머릿결을 날리듯 이파리를 흔드는 모습은 언제 봐도 아름답다. 이곳에 오기 전 숙소를 예약하지 않았지만 걱정할 필요는 없었다.

많은 이들이 남아메리카 대륙을 강도와 소매치기가 들끓는 곳으로 여긴다. 그러나 각 나라의 수도나 대도시를 벗어나면 한국의 지리산 둘레길 위의 마을을 오가는 것과 다를 바 없다. 순박하고 선량한 사람들, 정겹고 포근한 미소. 게다가 소도시들은 중심이라고 해봐야 중앙 광장을 중심으로 1~2킬로미터 이내다. 배낭을 메고 마음에 드는 숙소를 찾아 거리를 걷던 중 아내가 말했다.

"자기야, 이 마을 정말 예쁘다!'
"좀 더 있다가 가게마다 불을 밝히면 더 근사할걸!"

우리는 볼리바르 광장 인근 숙소를 잡았다. 테라스에서 광장과 주택가 사이를 오가는 사람들을 지켜볼 수 있는 장소였다. 다음 날 아침, 나는 첫 번째 방문 때 친구들과 커피를 마셨던 카페로 아내를 데리고 갔다. 그리고 테이블에 앉으며 바리스타를 향해 말했다.

"헤수스 마르틴, 도스 코파스!"

헤수스 마르틴(Jesus Martin)은 카페의 이름이자, 이 카페에서 '에스프레소'를 가리키는 별칭이다. 커피 두 잔을 주문하고 창밖을 내다보았다. 건너편 집에서 할머니 한 분이 창밖으로 고개를 내밀더니 넝쿨식물에 물을 줬다. 그 모습을 바라보는 것만으로도 싱그러운 아침이었다.

10여 분 지나 바리스타가 주문한 커피가 준비되었다고 알려주었다. 작은 쟁반 위에 올려진 에스프레소, 생수, 그리고 생화가 담긴 꽃병. 들꽃을 장식으로 곁들여 커피를 내놓는 게 카페 '헤수스

마르틴'에 온 손님에게 커피를 대접하는 방식이었다. 플라워 앤 에스프레소! 이러니 커피가 어떻게 맛있지 않겠는가!

지난번엔 급히 서커스 학교가 열리는 농장으로 가는 길을 묻느라 미처 발견하지 못했던 인테리어 소품들이 눈에 들어왔다. 아랍식 커피 포트, 유럽식 커피 추출기, 커피 열매를 담은 유리병들, 한쪽 벽을 가득 채운 그림들과 화살표로 연이은 세계지도.

"그 지도는 뭐니?"

내가 묻자 바리스타가 등 뒤를 힐끗 돌아보더니 대답했다. "아라비카 커피가 세계 각국으로 전파된 시기와 경로를 그린 지도야!" 최초의 화살표는 '아프리카 에티오피아 → 아라비아반도의 예멘'

으로 시작되었다. 나는 전시된 커피콩을 가리키며 바리스타에게
물었다.

"아프리카 사람들은 언제부터 커피를 먹었을까?"

"원시시대엔 열매란 열매는 닥치는 대로 먹었을걸. 탈이 안 나면
그 열매를 기억해 뒀다가 배를 채우곤 했겠지. 그러니 커피 열매
를 처음 맛본 건 오래전이겠지. 그치만 처음엔 '퉤퉤' 하고 뱉었을
거야."

"왜?"

"열매는 그리 달지도 않고 씨로 가득 차서 과육도 적으니까. 그
때만 해도 몰랐을 거야. 21세기 지구인 중 60분의 1이 커피 관련
산업에 종사하게 될 줄은!"

"그렇게나 많아?"

"바리스타를 포함한 커피 관련 종사자가 1억 2,500만 명이
넘어."

"엄청나구나! 커피를 음료로 마신 건 언제부턴데?"

"6세기 무렵으로 추정해. 칼디라는 목동이 빨간 열매를 먹은 염
소가 날뛰는 광경을 목격하곤 그 가지를 들고 수도원장에게 가져
갔대. 수도원장은 나뭇가지를 난롯불에 던졌다가 열매가 내는 독
특한 냄새에 반했지. 그래서 그 열매로 차를 우려먹었나 봐. 정신이
번쩍! 카페인 성분에 의한 각성 효과가 나타났어. 그로 인해 그 수
도원은 '잠들지 않는 수도원'이 되었다나! 하하하."

페르난도는 커피존에 사는 바리스타답게 커피에 관해서 정말 박

식했다.

"원산지는 에티오피아지만 커피나무를 재배하기 시작한 건 아랍 사람들이야. 로스팅한 원두를 잘게 부숴 냄비에 붓고 물과 함께 끓여 마셨대. 커피를 마시게 되면서 수학, 천문학, 의학, 물리학, 화학, 철학 등 이성의 능력이 폭발했지. 9세기부터 13세기는 아랍 과학의 전성시대야."

"유럽인도 커피를 마시잖아?"

"유럽인이 커피를 마시기 시작한 건 17세기 이후야. 아랍어 통역관이던 사람이 커피콩을 유럽으로 가져가 카페를 열었어. 원두 가루를 걸러낸 커피를 팔았지. 유럽인도 커피에 빠져들기 시작했어. 덕분에 유럽인의 뇌도 환해졌지. 이성이 발달하고, 과학기술이 발전하고, 마침내 프랑스 혁명까지 일으켰지!"

"커피가 프랑스 혁명을 일으켰다고?"

"유럽 계몽철학자들은 커피 애호가였거든. 볼테르는 하루 50잔 이상 커피를 마셨고, 루소도 커피를 즐겼지."

살렌토에서 머무는 동안 낮엔 코코라 계곡을 다녀오거나 전경이 내려다뵈는 살렌토 전망대를 오르곤 했다. 저녁이면 볼리바르 광장 옆 레스토랑에서 와인을 곁들인 식사를 하고, 아침이면 한결같이 '헤수스 마르틴'에 들러 조식 겸 커피를 마셨다. 커피 박사에게 궁금한 걸 물으면서.

"남아메리카엔 커피가 어떻게 전해진 거야?"

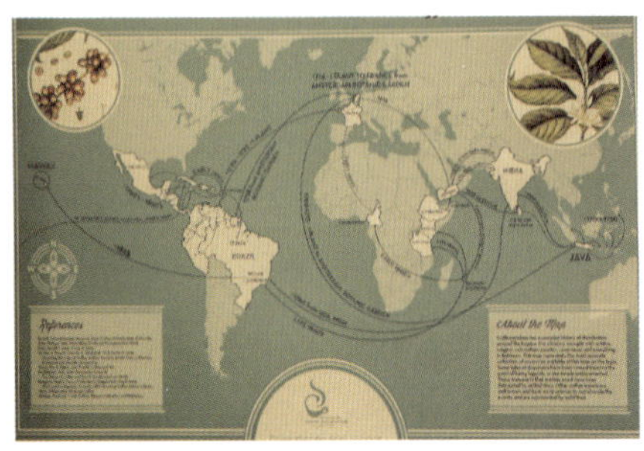

"커피 산업이 돈이 되자 유럽인은 식민지에 커피를 재배하기 시작했어. 프랑스는 베트남, 네덜란드는 인도네시아, 포르투갈은 브라질에."

"콜롬비아는 언제부터 커피를 재배한 거야?"

"커피 씨앗에서 나무가 되기까진 통상 5년이 걸리지. 콜롬비아 사람은 성질이 급해서 커피를 재배하려고 하지 않았지. 그래서 가톨릭 신부가 고해성사 하는 이에게 죄를 사하는 조건으로 커피 묘목을 주고 가꾸게 했지. 덕분에 커피나무가 자라게 된 거야!"

"콜롬비아 커피는 죄를 먹고 자라서 달콤 쌉쌀한 거야?"

"하하하. 콜롬비아에선 커피생산자협회(FNC)를 만들어 품질관리를 해. 손으로 따고 생산자에게 판매가의 90퍼센트가 돌아가도록 하지. '후안 발데스' 캐릭터 본 적 있지?"

"응, 남미 여행하는 동안 곳곳에서 봤지! 각 나라마다 후안 발데스 카페가 있더라구!"

"후안 발데스 캐릭터를 만들어 '100% 콜롬비아산 커피'를 각인시킨 것도 콜롬비아 커피생산자협회야. 콜롬비아 커피는 부드럽고, 각 지역별로 다채로운 맛과 향을 즐길 수 있지."

헤수스 마르틴 카페 한쪽 벽엔 커피 맛을 표현한 단어들이 원형의 시간표를 채우듯 조밀하게 새겨져 있었다. 커피가 자아내는 맛은 참으로 다양하다. 아몬드, 초콜릿, 꿀, 재스민, 장미, 딸기, 복숭아, 오렌지, 파인애플, 위스키, 시가 등.

"아침에 콜롬비아 살렌토의 카페에 앉아 마시는 에스프레소의 향과 맛은 어떤가요?"

당신이 내게 그렇게 질문을 한다면 나는 뭐라고 대답해야 할까. 나는 카페 한쪽 벽에 붙어 있는 커피 향을 표현한 단어들을 차례차례 읽으며 알맞은 단어를 고르려다가 오래전 파키스탄에서 만나 함께 시간을 보냈던 히피 할아버지 토마스를 떠올린다. 그에게 물었더랬지.

"1969년의 우드스톡 페스티벌은 어땠죠?"
"자네, 라일락 향기를 단 한 번도 맡아보지 않은 이에게 언어로 라일락 향기를 알려줄 수 있겠나? 두리안을 단 한 번도 먹어보지 않은 이에게 말이나 글로써 두리안의 맛을 설명할 수 있겠나? 향기나 맛 같은 건 직접 맡고, 베어 먹는 것 빼곤 전할 수 있는 다른 방법이 없다네!"

콜롬비아 살렌토에서 마신 커피의 맛은 그런 것이었다.

BARACOA

쿠바
바라코아
CUBA

호기심의 돛대 달고 '최초의 도시'를 항해하다

'콜럼버스가 신대륙을 발견했다'는 표현은 수 세기에 걸쳐 널리 통용되었다. 그를 영웅으로 묘사한 미국 작가 워싱턴 어빙의 영향이 컸다. 20세기 중반으로 접어들면서 신대륙 '발견'이란 말에 거부감을 느끼는 이가 차츰 늘어났다. 아메리카 대륙엔 1만 2,000년 전부터 이미 사람이 살고 있었으니까.

크리스토퍼 콜럼버스의 위상은 아메리카 대륙에 도착한 '최초의 유럽인' 정도로 내려앉았다. 그리고 20세기 말에 이르러선 이런 평가마저 거둬들여야 할 지경이 되었다. 북아메리카(캐나다)에서 유럽 출신 바이킹의 흔적과 11세기에 생산된 은화가 발견되었기 때문이다. 저승에서 바이킹이 '콜럼버스의 소식'을 들었다면 이렇게 비웃었을는지도 모르겠다.

"그 녀석은 왜 7,000킬로미터나 둘러서 갔대? 아이슬란드를 거쳐 서쪽으로 가면 유럽에서 얼마 걸리지도 않는 아메리카 대륙을!"

물론 콜럼버스의 목적지는 아메리카 대륙이 아니라 값비싼 향신료와 황금이 지천으로 널렸다고 소문난 아시아였다. 천문학자도, 전문 항해인도 아닌 콜럼버스는 '아랍식 마일'과 '로마식 마일'을 혼동하는 등 지구 둘레를 실제 크기보다 훨씬 적은 것으로 착각했다.

'지팡구(일본)까지 4,400킬로미터(실제론 4배가량 더 멀다), 지팡구에서 조금만 더 서남쪽으로 가면 아프리카 대륙을 돌아가는 항로보다 더 빨리 인도에 닿을 수 있어!'

1492년 8월 콜롬버스는 스페인 이사벨 여왕의 지원을 받아 유럽을 떠났다. 서쪽으로 5,000킬로미터, 자신이 계산했던 거리보다 600킬로미터를 더 항해했지만, 육지 따윈 보이지 않았다. 콜럼버스는 스스로를 위로했다.

'어쩌면 지구는 공처럼 둥근 게 아니라 옆으로 눕힌 조롱박 같은 형태가 아닐까? 그래서 지팡구까진 조금 더 가야 할지도 몰라.'
한심한 상상이었다. 지구

가 둥글다는 건 고대 그리스인들이 이미 지리학과 수학으로 증명한 사실이었으니까. 무식해도 운은 좋았던지, 유럽을 떠난 지 70일 만에 아메리카 대륙과 인접한 바하마제도에 도착했다.

그는 원주민들을 만나자마자 '이 금붙이가 어디서 났냐?'고 다그쳤고 '서쪽 땅에서 가져왔다'는 답을 얻어냈다. 콜럼버스는 바하마제도에서 서쪽으로 더 항해해서 본토라고 착각한 쿠바에 닿았다. '바다 옆'이란 의미를 가진 도시, 바라코아(Baracoa)가 그곳이다.

쿠바 여행자 중 동쪽 끝 바라코아까지 가는 외국인은 드물다. 수도 아바나에서 동쪽으로 1,000킬로미터 떨어진 해변 도시는 산타클라라, 산티아고데쿠바 같은 주요 도시도 아니고 트리니다드, 비날레스같이 유명 관광도시도 아니다. 쿠바의 테두리를 다 훑고 싶은 이들만 바라코아를 찾는다. '최초의 도시'라는 별명을 가진 해변 도시를!

나는 아바나를 출발해 트리니다드, 까마궤이를 지나 동쪽 끝에 자리한 관타나모주로 들어섰다. '관타나모(Guantanamo)'란 지명은 톰 크루즈 주연의 영화 〈어 퓨 굿맨〉을 통해 처음 알았다. 미국의 해군기지에서 벌어지는 사건을 소재로 한 영화였다. 근데 어떻게 미 해군기지가 쿠바에 있지?

간략히 설명하면, 19세기 말 미국은 스페인령이었던 '쿠바'를 사고 싶었다. 스페인은 쿠바를 팔지 않았다. 그러던 중 쿠바에서 독립전쟁이 발발했다. 미국은 쿠바 내 거주하는 미국인을 보호한다는

핑계로 군함을 보냈다. 그 군함이 쿠바 앞바다에서 침몰했다. 미국은 스페인의 소행이라며 전쟁에 끼어들었고 승리했다. 그리곤 미국은 쿠바 독립에 기여했다는 명목으로 관타나모만을 요구했다. 서울 6분의 1에 달하는 면적, 총임대료는 1년에 고작 500만 원, 임대 기간은? 영구히!

쿠바 남쪽 해안을 따라가던 차가 북쪽으로 방향을 틀었다. 뱃길뿐이던 바라코아에 외부를 잇는 도로가 생긴 건 쿠바 혁명 이후다. 고갯마루에 올라선 차량이 헐떡이며 정차했다. 차량의 연식은 1946년식 포드 슈퍼디럭스, 이미 칠순이 넘은 상태였다.

한숨 돌린 뒤 험준한 산악과 열대림으로 둘러싸인 바라코아에 닿았다. 예약한 민박집에 배낭을 내려놓고 해안가 산책을 나섰다. 방파제 앞 해안도로는 뜯겨 맨흙이 드러나 있었다.

'마르코 폴로'라는 간판을 내건 바닷가 식당이 있었다. 콜럼버스로 하여금 아시아행을 꿈꾸게 한 책이 〈동방견문록〉이었다던가? 카리브해가 내다뵈는 이층 테라스에 자리를 잡고 메뉴판을 펼쳤다. 바닷가재 요리가 1만 원이 되지 않았다. 맥주와 음식을 주문하며 종업원에게 물었다.

"해안도로를 새로 놓는 중이니?"
"허리케인으로 부서져서 복구 중이야. 쿠바는 허리케인이 지나는 경로거든. 허리케인 아이크 땐 시속 200킬로미터가 넘는 바람

이 불었어. 7미터 넘는 해일에 도심까지 잠겼지. 일곱 명이 사망했어."

같은 시기 미국에선 백여 명의 사망자가 발생했다던데, 자연재해에 허술할 것 같은 쿠바에서 피해가 더 적었다니!

"허리케인 대피 프로그램이 있어. 허리케인이 접근하면 안전지대에 의료진과 식량을 갖춘 후 시민 민방위대가 주민의 대피를 도와. 매년 대비훈련을 하는데 수십만 명이 참가해."

복구는 더디고 해마다 허리케인이 오지만, 쿠바인은 공동의 위기를 공동의 노력으로 이겨내고 있었다.

Baracoa

다음 날 엘 윤케가 바라보이는 해변으로 갔다. 야자나무 숲 너머로 독특한 모양의 산이 우뚝 서 있었다. 1492년 11월 27일 콜럼버스는 항해일지에 썼다. "넓은 만… 높고 네모난 산….' 훗날 바라코아의 랜드마크가 될 엘 윤케였다.

해발 575미터, 길이 1,125미터, 멀리서 보면 산 모양이 마치 대장장이가 사용하는 모루(Yunque)처럼 생겨서 붙은 이름이다. 콜럼버스는 바라코아에 도착하고 나흘 뒤 해변에 십자가를 세웠고, 바라코아는 쿠바 최초의 스페인 정착촌이 되었다.

스페인 식민지화 과정에서 원주민은 학대받았고, 추장 아투에이는 원주민과 함께 저항했으며, 침략자들은 폭력으로 진압했다. 쿠바 혁명정부는 1978년 바라코아를 국가기념물로 지정했다. '콜럼버스의 도착'과 '쿠바 최초의 도시'라는 이유 때문이 아니었다.

"다 같이 기억합시다, 스페인이 히스패닉 정착지를 건설하는 동안 그들이 이용했던 노동력, 즉 우리 원주민을! 바라코아 역사는 스페인 침략자의 도착과 함께 시작된 게 아닙니다. (이미 사람이 살고 있던) 바라코아의 기원은 어둡고 슬픈 시대에 사라졌습니다. 바라코아는 독립을 위해 싸워온 역사의 상징입니다. 추장 아투에이의 희생을 기억합시다. 그는 죽음에 이를 때까지 적에 맞서는 전통을 확립했습니다."

주말 시장이 선 공터를 지나 골목으로 들어섰다. 바라코아는 쿠

바에 온 외국인 관광객에게 이제 막 알려지기 시작한 도시다. 조약돌 깔린 골목길, 벗겨진 페인트, 풍화된 지붕 타일, 야자수 그늘 아래를 오가며 해수욕하는 아이들….

집 앞에 내놓은 테이블 위에 망원경 부품을 늘어놓은 노인을 만났다. 관광객에게 기념품을 파는 가게 같진 않았다.

"할아버지, 뭘 하는 중이세요?"
"아, 망원경 렌즈를 닦아."
"망원경으로 무엇을 보려고요?"
"밤하늘의 별을 봐야지!"

노인이 대답하며 자기 머리 위를 가리키며 말했다. 그의 집 지붕

Cuba

위엔 이상한 장치들이 놓여 있었다. 바람개비가 달린 풍향계, 나무 의자와 우산.

"지붕 위 저 자리가 나의 천문대고 나의 우주선이야! 오늘 밤엔 하늘이 무척 맑을 거야. 오늘은 또 무엇을 발견하게 될지 벌써 가슴이 두근거려."

망원경 렌즈를 정성스레 닦는 노인의 눈동자 안에서 별이 반짝였다. 노인은 어느 포토그래퍼가 그를 촬영해서 만든 엽서를 보여주었다.

어느새 아바나로 돌아가기로 한 날이 다가왔다. 예약해 둔 합승 택시가 숙소 앞에 도착했다. 문신한 청년과 금목걸이를 찬 두 명의 쿠바 청년이 운전사였다. 번갈아 운전하면서 쉬지 않고 달리면 하룻밤 만에 아바나에 닿을 수 있다고 자신만만했다. 불량할 정도는 아니지만, 아주 정신 사나운 인상이었다.

운전수 포함 세 사람이 나란히 앉는 1열, 나는 '길'을 감상하기 위해 그 자리에 앉았다. 곧 뒷좌석도 아바나로 돌아가는 미국인 여행자로 가득 찼다. 빈자리 없이 손님을 태운 후, 부르릉! 그렇게 출발한 지, 반 시간. 아무리 길을 봐도 아바나에서 바라코아로 올 때의 그 길이 아니었다.

"어느 방향으로 가는 거니?"

"북쪽 루트를 따라갈 거야!"
"그렇다면 모아(Moa)를 지나가는 거야?"
"응!"

쿠바 북쪽 해안선의 바라코아와 모아 사이는 인간의 발길이 거의 닿지 않은 열대우림 중 하나로 알렉산더 폰 훔볼트 국립공원을 통과하는 길이다. 알렉산더 폰 훔볼트는 남아메리카에서 가장 유명한 과학자이자 탐험가다. 국립공원뿐 아니라 그의 이름을 딴 것으로 훔볼트 오징어, 훔볼트 펭귄, 훔볼트 해류 등이 있다.

유럽인 알렉산더 폰 훔볼트는 갓 서른이던 1799년 중남미로 온 이후 5년에 걸쳐 중남미 3만 킬로미터를 탐험했다. 콜럼버스나 다른 개척자처럼 새로운 항로나 황금을 찾기 위해서가 아니었다. 낯선 세계와 자연에 대한 호기심 때문이었다. 지구의 바다, 지리, 식물, 광물에 관한 그의 질문과 실험과 기록은 훗날 인류 과학을 발전시키는 초석이 되었다. 말년까지 그가 집필했던 책의 제목은 〈코스모스〉. '우주의 질서'를 의미하는 희랍어를 근대과학의 세계로 불러낸 대작이었다.

20세기엔 같은 제목 다른 저자의 〈코스모스〉가 출판되기도 했다. 천문학자 칼 세이건은 인류의 호기심을 지구에서 다시 우주로 확장한 천체물리학 서적을 집필한 후 알렉산더 폰 훔볼트의 저작과 같은 제목을 붙였다. 〈코스모스〉.

알렉산더 폰 훔볼트 국립공원을 지나는 동안 날이 저물었다. 울창한 숲, 갑자기 어두운 비포장도로로 들어선 차가 멈춰 섰다. 눈앞으론 길이 아니라 풀숲밖에 보이지 않았다. 금목걸이를 찬 녀석이 차 문을 열고 밖으로 튀어 나갔다. 뒷좌석의 미국인 여행자들이 떨리는 목소리로 내게 물었다.

"혹시 너는 여기가 어딘지 알겠니?"
"아니, 나도 우리가 어디에 와 있는지 모르겠어."

그때였다. 금목걸이 찬 녀석이 풀숲에서 모습을 드러내더니 손전등을 비췄다. 문신한 녀석이 그 불빛을 향해 차를 몰았다. 울창한 숲 가운데 유류 드럼통들이 놓여 있었다. 녀석들은 우리가 타고 온 차량에 기름을 채우기 시작했다. 공식 주유소가 아니었다. 시큼한 불법의 냄새가 났다.

휴우, 아무튼 미국인 여행자들은 그제야 안심의 한숨을 쉬었다. '일단 납치된 건 아니구나!' 두 녀석이 차량에 기름을 넣는 동안 나도 차 밖으로 나와 밤하늘을 올려다보았다.

구름 한 점 없이 맑은 밤하늘. 자신의 집 지붕이 천문대고 우주선이라고 자랑하던 노인이 떠올랐다. 그도 지금쯤 저 별을 보고 있겠지!

2022년 누리호 로켓 발사 성공 후 한국에서도 곧 우주에서 펼쳐질 '대항해 시대'를 논하기 시작했다. 언론과 방송에선 달 궤도선과 달 착륙선을 이야기하며 헬륨-3, 희토류 등 희귀광물과 우주산업이 가져다줄 막대한 이득을 소개하기 바쁘다. 왠지 '알렉산더 폰 훔볼트의 가슴'이나 '칼 세이건의 눈'이 아니라 '콜럼버스적 욕망'으로만 이끄는 느낌이 드는 건 왜일까?

우주 대항해 시대의 주역은 오늘의 기성세대가 아니라 어린이들이 될 것이다. 그들에게 '막대한 재화와 이득'과 '미지의 세계에 대한 호기심', 무엇을 먼저 얘기해야 할까? 답을 떠올리는 동안 쿠바 노인의 눈동자에서 보았던 별이 반짝인다.

저 작은 점을 다시 보세요. 저 점이 우리가 지금 있는 곳, 우리 집, 우리 자신입니다. 이곳에서 당신이 사랑하고, 당신이 알고 있고, 당신이 들었고, 세상에 존재했던 모든 사람이 생을 살다가 갔습니다.

우리가 느끼는 모든 기쁨과 고통, 수천 개의 종교와 이데올로기, 경제 체제들, 모든 수렵인과 채집인, 모든 영웅과 비겁자, 모든 문명의 창조자와 파괴자, 모든 왕과 소작농, 모든 사랑에 빠진 젊은 연인, 모든 어머니와 아버지, 희망찬 아이, 발명가와 탐험가, 모든 도덕 선생과 부패한 정치인, 슈퍼스타와 최고 지도자 그리고 역사 속 모든 성인과 죄인이 살았습니다. 햇빛 속에 떠 있는 먼지 알갱이 위에서.

지구는 광대한 우주에서 아주 작은 무대일 뿐입니다. 모든 장군들과 황제들의 영광과 승리를 위해 인류가 흘린 강물 같은 피를 생각해 보세요. 그들은 단지 작은 점의 일부를 잠깐 지배하기 위해 그런 짓을 했습니다.

이 점의 한구석에 사는 이들이 다른 구석의 다를 바 없는 사람들에게 끝없이 가한 잔혹함을 생각해 보십시오. 그들이 얼마나 자주 오해했는지, 얼마나 서로를 죽이려고 달려들었는지, 얼마나 서로에 대한 증오가 치열했는지를 생각해 보십시오.

우리의 허세, 자기만을 중요시하는 허영, 우주에서 특별한 위치를 차지하고 있다는 망상은 창백한 점 하나에 의해 도전받습니다. 우리의 행성은 광대한 우주 어둠 속에 외로운 점일 뿐입니다.

-칼 세이건, 〈창백한 푸른 점〉에서

PATAGONIA

아르헨티나&칠레
파타고니아
ARGENTINA & CHILE

한 해의 마지막 날, 세계의 끝으로 가다

"파타고니아는 어디에 있는 나라야?"

내가 파타고니아로 가는 길이라고 말했을 때, 내 친구는 지구상에 존재하는 190여 개국 중 한 나라쯤으로 여겼던 모양이다. 하긴 앵글로 색슨계의 '~랜드(land)', 중앙아시아의 '~스탄(stan)'과 더불어 아프리카 대륙부터 유럽, 아메리카 대륙에 이르기까지 여러 나라 이름에 가장 빈번하게 붙은 접미사가 '~이아(ia)'니까!

파타고니아는 나미비아, 알바니아, 볼리비아와 달리 국가명이 아니다. 그렇다고 아마존이나 사하라처럼 기후나 자연환경으로 구분되는 지역도 아니다. '아르헨티나와 칠레가 양분하는 땅으로 남아메리카 대륙 남위 40도 아래'를 가리키는 이름이다.

셰익스피어의 〈템페스트〉에 영감을 주었고, 조너선 스위프트의 〈걸리버 여행기〉 중 거인국의 모델이 되었으며, 코난 도일의 〈잃어

버린 세계〉의 배경이 되었던 파타고니아는 오래전부터 유럽과 북아메리카 출신의 탐험가, 은둔자, 무법자, 도피자를 불러들였다.

탐험가를 불러들였다는 점에선 남극, 북극, 히말라야 같은 극지와 닮았고, 무법자와 개척자를 불러들였다는 점에선 개척시대의 미국 서부와 비슷하고, 도피자와 은둔자를 불러들였다는 점에선 태평양 가운데 외딴섬 같은 곳. 지구 극지와 미국 서부와 태평양 외딴섬, 이 모든 성격을 아우르면서 경계선이 모호한 땅이 파타고니아다.

파타고니아를 세계인에게 널리 알린 이는 영국인 브루스 채트윈이다. 고고학과 중퇴생으로 런던 소더비 경비원, 신문기자 등을 전전했던 그는 아프리카 대륙 여행 중 '방랑'에 눈을 떴다. 방랑은 어떤 이에겐 첫사랑처럼 잠깐 지나가는 홍역 같은 것이지만, 어떤 이에겐 불치의 병이 되기도 하는 법.

브루스 채트윈은 아프리카 대륙을 떠나 호모 사피엔스가 닿은 가장 먼 대륙의 끝자락까지 갔다. 아메리카 대륙 남쪽 끝, 지구인들이 '세상의 끝'이라 부르는 곳으로. 그는 그곳에서 파타고니아의 역사, 세상의 끝에 사는 사람들, 그들과 나눈 대화, 전해오는 이야기를 세밀화를 그리듯 세세히 기록한 후 책으로 펴냈다. 자신이 몰두했던 땅의 이름과 같은 제목, 〈파타고니아〉.

거대한 체구의 사람들조차 휙 들어서 날려버릴 정도로 센 바람, 뼈까지 얼어붙게 하는 추위로 악명 높은 곳이지만, 파타고니아에도 봄과 여름은 온다. 매년 11월에서 2월 사이 파타고니아는 녹음방초, 바야흐로 봄꽃과 여름꽃이 만발하는 계절이다.

바람과 추위가 누그러진 이 시기를 틈타 여행자들은 눈이 시릴 정도로 청명한 하늘, 햇볕 아래 꽃망울을 터뜨리는 야생화, 공룡의 뿔이나 상어의 이빨처럼 치솟은 산들의 실루엣을 보기 위해 파타고니아로 몰려든다.

남아메리카 대륙에서 가장 아름답다고 알려진 도로, 그래서 죽기 전에 반드시 지나야 한다는 '루타 40번(Ruta 40)' 도로도 활기를 띤다. 비수기 동안 멈췄던 대중버스가 운행을 재개하고, 운행 횟수를 늘린다.

파타고니아의 명소로는 토레스델파이네 국립공원(칠레), 피츠로이산(칠레), 모레노 빙하(아르헨티나)를 꼽으며, 대표 도시로는 엘칼라파테, 엘찰텐, 푼타아레나스, 우수아이아가 있다. 성수기 숙박료는 비수기의 2~3배 이상 달하고, 국립공원 내 전망 좋은 야영장의 경우 두세 달 전 예약하지 않으면 자리를 구할 수 없을 정도로 경쟁이 치열하다.

가격도 오르고 경쟁도 심한데 굳이 11월~2월 성수기에 갈 필요가 있을까? 물론이다! 인생에 단 한 번 파타고니아를 경험할 거라면 반드시 이 시기에 맞춰 가라고 당부하고 싶다. 몇 배 더 값을 치른 대신 몇십 배 더 아름다운 자연 풍광을 볼 수 있기에.

'세상의 끝, 모든 것의 시작'이란 모토로 파타고니아는 여행자들을 끌어들인다. 나는 12월 31일 전후 보름간 파타고니아에서 머물

기로 했다. 올해의 끝을 세상의 끝에서 보내고 싶었기 때문이다.

파타고니아에는 '세상 끝'이란 명칭을 두고 경쟁하는 두 도시가 있다. 푼타아레나스(칠레)와 우수아이아(아르헨티나)이다. 우선 푼타아레나스는 '아메리카 대륙 최남단 도시'라는 이유를 내세워 세상의 끝이라고 주장하고, 우수아이아는 아메리카 대륙에서 살짝 떨어진 섬(티에라델푸에고)일지라도 여하튼 '지구 최남단 도시'라는 이유를 내세워 세상 끝이라고 목청을 높인다.

칠레의 푼타아레나스는 스페인 식민지 시절 '마가야네스(마젤란의 스페인 이름)'로 불렸다. 도심의 아르마스 광장에 세워져 있는 동상의 주인공도 마젤란이다. 인류 최초로 지구 행성을 한 바퀴 돌았던 탐험가, 유럽을 출발한 그는 대서양을 지나 아메리카 대륙에 닿은 뒤 해안선을 따라 남쪽 끝까지 내려갔고, 마침내 유럽과 접한 대서양에서 아시아와 접한 태평양으로 이어지는 해협을 찾아냈다. 그의 이름이 붙은 마젤란 해협이다.

푼타아레나스의 전성기는 아메리카 동쪽 대서양 해안에 닿은 유럽인이 아메리카 서쪽의 태평양 항구로 가기 위해 마젤란 해협을 이용하던 시절까지다. 전성기엔 1만 제곱킬로미터에 달하는 양떼 목장이 들어서기도 했고, 금광을 발견했다는 소문이 퍼지면서 세계 곳곳에서 이민자가 몰려들기도 했다.

독일, 영국, 프랑스, 덴마크, 이탈리아, 스페인, 크로아티아 등 유

럽에서 온 이민자와 더불어 아메리카의 무법자들도 파타고니아로 몰려들었다. 영화 〈내일을 향해 쏴라〉의 주인공이자 실존 인물이었던 부치 캐시디와 선댄스 키드가 파타고니아에 온 시기도 이 무렵이다. 푼타아레나스의 전성기가 끝난 건 1914년 아메리카 대륙을 관통하는 파나마 운하가 완공되면서부터다.

남아메리카 대륙에서 남쪽의 마젤란 해협을 건너면 거대한 섬이 나온다. 오래전부터 사람들은 이 섬을 '불의 땅(티에라델푸에고)'이라고 불렀다. 티에라델푸에고의 최대 도시 우수아이아(아르헨티나)엔 인구 13만 명의 푼타아레나스(칠레)에는 못 미치지만 6만 명의 시민이 거주한다.

세상 끝을 두고 겨뤄왔던 푼타아레나스와 우수아이아의 치열한 경쟁은 왕가위 감독의 영화 〈해피투게더〉가 개봉되면서 균형추가 우수아이아로 기울었다. 영화 속 주인공 아휘(양조위)와 장(장첸)이 주고받던 대화 때문이다.

"이제 어디로 가?"
"우수아이아란 곳에 갈 거야."
"추운 데 가서 뭐 하게?"
"거긴 '세상의 끝'이래."

지구 행성 최남단 도시 우수아이아까지 온 관광객은 '세상의 끝 (Del fin del Mundo)'이란 라벨이 붙은 포도주를 마시고, '세상의 끝'이란 이정표 앞에서 사진을 찍고, '세상 끝에서, 더 나은 세계를 생각하라!'를 기치로 2년마다 열리는 현대미술 비엔날레를 관람한다.

우수아이아는 야간족(남아메리카 원주민)의 언어로 '깊은 만'이란 뜻이고, 이 도시와 접한 바다 이름은 비글(Beagle) 해협이다. 찰스 다윈이 탔던 선박의 이름에서 온 명칭이다.

19세기 초 영국 해군 로버트 피츠로이 선장은 측량 항해 중 지적인 대화를 나눌 사람을 찾았고, 마침 세상을 탐구하고 싶은 열망으로 가득했던 젊은이가 승선했다. 그가 찰스 다윈이었다. 찰스 다윈은 지구 한 바퀴를 돈 후 놀라운 모험과 신선한 탐구로 가득한 5년간의 기록을 〈비글호 항해기〉란 제목으로 출판했다. 이 여행의 성과는 훗날 〈종의 기원〉을 낳았다. 창조에서 진화로! 인류는 여행을 통해 수차례 도약했다.

남극과 가까운 파타고니아에서 빼놓을 수 없는 볼거리 중 하나는 빙하다. 그중 가장 유명한 모레노 빙하는 아르헨티나의 엘칼라파테(남아메리카 주요 도시를 오가는 공항이 있다.)에서 1시간 거리에 있다.

로스글라시아레스 국립공원의 '하얀 심장' 모레노 빙하는 바다에 둥둥 뜬 빙산이나 설산 계곡 사이의 빙하만 떠올리던 이들에게 차마 잊을 수 없는 풍경을 선사한다.

아르헨티노 호수에 도착하는 순간 당신은 대한민국 전주시보다

더 넓은 면적의 모레노 빙하를 만나게 될 것이다. 높이 50미터, 길이 5킬로미터의 얼음으로 된 단면을 드러내고 여행자를 맞이한다. 모레노 빙하는 매일 2미터씩 하류로 이동하기에 거대한 얼음벽이 끊임없이 호수로 무너져내린다. 기온이 올라가는 성수기엔 빙하가 무너지는 장관을 더 자주 목격할 수 있다. 지구온난화로 전 세계 빙하 면적이 점점 줄어든다지만, 모레노 빙하에 대해선 걱정을 접어둬도 좋다. 매일 무너지는 양만큼 생성되기에.

엘칼라파테에서 2시간 반 정도 달리면 또 다른 소도시 엘찰텐에 도착한다. 마치 서부영화에나 나올 것 같은 이름이다. 엘찰텐에 여름이 오면 카우보이나 총잡이가 아니라 등반 장비를 들고 오가는 산악인들을 만날 수 있다. 지구에서 가장 아름다운 봉우리로 알려진 '피츠로이(Fiz Roy)'에 오를 수 있는 최적의 시기이기 때문이다.

항상 흰 구름과 뿌연 안개에 가려져 있기에 원주민은 '찰텐(연기를 내뿜는 산)'이라고 불렀다지만 11월~2월 사이엔 맑은 하늘 아래 거대한 화강암 이빨로 하늘을 물어뜯는 듯한 산세를 또렷이 볼 수 있다. 유명 아웃도어 브랜드 '파타고니아' 로고는 창립자 이본 슈나드가 피츠로이 산세를 보고 형상화한 것이다.

한편, 아르헨티나에서 칠레로 넘어가면 웅장한 산세, 거대한 빙하, 다양한 야생생물, 에메랄드빛 빙하 호수가 어우러진 토레스델파이네 국립공원이 있다. 마치 톨킨이 〈반지의 제왕〉에서 묘사했던 '중간계'로 들어온 듯한 착각을 불러일으키는 곳이다. 피터 잭슨 감독이 뉴질랜드 출신이 아니었더라면, 아마도 토레스델파이네를 판타지 영화의 로케이션 장소로 삼았으리라.

1,200만 년 전 형성된 화강암 산괴 중 최고 압권은 '토레스델파이네'라 불리는 '삼봉(三峯)'이다. '숨이 막히는'이란 관용적 표현이 이처럼 딱 맞아떨어지는 장소가 있을까? 숨 막히는 풍경! '론리 플래닛'을 비롯한 수많은 여행서에서 '죽기 전 꼭 봐야 할 절경'으로 꼽는 이유다.

토레스델파이네 국립공원 코스는 크게 'W형'과 'O형' 코스로 나뉜다. W형 코스는 4일 정도, O형 코스는 10일 이상 걸린다. 한국에서 텐트, 침낭, 버너, 코펠 등 모든 장비를 챙겨갈 필요는 없다. 인접 도시 푸에르토나탈레스(Puerto Natales)의 장비 대여점에서 빌릴 수 있으니까!

크리스마스 연휴 내내 토레스델파이네를 걸었다. 마치 신들의 정원을 거니는 것 같았다. 가끔 야생 여우를 만나기도 했다. 야생화가 지천으로 널린 오솔길이 하염없이 펼쳐졌다. 화강암 봉우리 아래 푸른 호수에서 입을 다물지 못하고 감탄하기도 했다. 곧 한 해의 끝이었다.

우리 인생이 끝나지 않은 이상 끝은 늘 시작으로 이어지기에 세상의 끝 파타고니아에선 어디로 발설음을 옮기든 결국 세상을 향한 첫걸음이 된다. 그 길에서 만난 이정표에 이런 문장이 씌어 있었다.

Life is A Long Weekend
인생이란 하나의 긴 주말이다

Patagonia

EPILOGUE

나는 그만 졸업 후 일해서 번 돈 대부분을
길 위에서 거의 다 탕진하고 말았습니다.
살 집, 탈 자동차를 사는 데 들인 돈보다
걷고, 묵고, 이동하는 데 쓴 돈이 더 많았죠.

그래서 당연히 집도 자도 변변치 않았어요.
그러나 어느 순간, 숨겨진 비밀을 알게 되었죠.
길 위에서 내가 보낸 시간만큼 부자였다는 것을요.

〈월든〉을 쓴 소로우는 비슷한 생각을 했던 걸까요?
그는 '나는 부자'라고 선언하며 이런 말을 했더랬죠.

"햇살 좋은 시간과 여름날이 얼마든지 있었기에
나는 원하는 대로 흥청망청 쓸 수 있었다."

빌 게이츠, 마크 저커버그, 일론 머스크, 워렌 버핏 등
세계 공인 '부자 리스트'에 오르내리는 인물은 아니지만
길 위에서 나는 소로우 같은 부자들을 만나기도 했습니다.

강제윤 시인, 공원국 작가, 김민식 작가, 라상호 사진가,
손병휘 가수, 이열 사진가, 이원규 시인, 가브리엘라 박사 등.

이들은 길 위에서 햇살 좋은 시간을 흥청망청 써온 부자들,
나도 그 대열에 한 발이라도 들여놓기 위해 길을 걷고 걸었죠.

〈남미 히피 로드〉를 시작으로, 〈천 개의 베개〉를 지나
〈걸어가자 남미 바람 구두 신은 시인처럼〉에 이르렀습니다.
이 여행기가 남아메리카를 다룬 나의 책으론 마지막입니다.

이제 나는 또 다른 세상 속으로 깊이 자맥질해 들어가
사금파리처럼 반짝이는 사람들과 풍경을 캐 오겠습니다.

여러분들의 응원을 기대하며.

사진 출처

81쪽, 룰라 사진
원본파일
HYPERLINK "https//commons.wikimedia.org/wiki/FileLuiz_In%C3%A1cio_Lula_da_Silva_(cropped_3).jpg"https://commons.wikimedia.org/wiki/File:Luiz_In%C3%A1cio_Lula_da_Silva.jpg
사진 출처: Ricardo Stuckert / Presidência da República
라이선스: CC BY 3.0 BR
HYPERLINK "https//creativecommons.org/licenses/by/3.0/br/"https://creativecommons.org/licenses/by/3.0/br/

103쪽, 브라질리아 전경
원본파일
HYPERLINK "https//commons.wikimedia.org/wiki/FilePlanalto_Central.jpg"https://commons.wikimedia.org/wiki/File:Planalto_Central.jpg
사진 출처: Arturdiasr
라이선스: CC BY-SA 4.0
HYPERLINK "https//creativecommons.org/licenses/by-sa/4.0/"https://creativecommons.org/licenses/by-sa/4.0/

104쪽, 도면
원본파일
HYPERLINK "https//commons.wikimedia.org/wiki/FileBrasilia_-_Plan.JPG"https://commons.wikimedia.org/wiki/File:Brasilia_-_Plan.JPG
사진 출처: Uri Rosenheck
라이선스: CC BY-SA 3.0
HYPERLINK "https//creativecommons.org/licenses/by-sa/3.0/"https://creativecommons.org/licenses/by-sa/3.0/

Sydney
TREHUALEMU 180 KM
1387
PTO SUR 510 KM
HOUSTON TEXAS 9487 km
ING NATIONALE-NEDERLANDEN
OFICINA DE GIJÓN 12.423 Km.
AUSTRIA 16179 Km
8637 La Habana Cuba
VALENCIA mediterraneo
LEJONA
ASTANA KAZAKSTAN 20820 km
Tampere SUOMI FINLANDIA
HOKKAIDO NISEKO 12456 Km
BORUSSIA DORTMUND BEA 13.643 km
VARSOVIA 14.047 Kms
PYEONGCHANG 12.515 Km
COREA
JORDANIA 13.892 Km.
AMSTERDAM 13688
CATALUNYA 12.609 KM.
PEÑAFLOR 2176 ANTIMANQUE
PANAMA 6934
Barendorf Alemania 13.969 km
Georgia Tech 9.719 8
SEVASTOPOL
MAGDEBURG

걸어가자 남미
바람 구두 신은 시인처럼

초판 1쇄 발행 2026년 2월 12일

지은이 노동효

펴낸이 김명숙
교정 정경임
펴낸곳 나무발전소
디자인 ALL design group

주소 03900 서울시 마포구 독막로 8길 31, 701호
이메일 tpowerstation@hanmail.net
전화 02)333-1967
팩스 02)6499-1967

ISBN 979-11-94294-22-1 03810